藏书票：敦煌月牙泉　制作技法：套色木刻

春
春是一道光

敦煌莫高窟　木刻版画

# 敦煌是一波涟漪

在水面投下一颗石子，就形成涟漪，涟漪的中心，波澜重些，越远就越淡，直至波平如镜。许多事物也是这样，如涟漪一般扩散，如涟漪一般消退：是所谓“涟漪效应”。

我们就生活在许多涟漪里，距离涟漪的中心，或近或远。1980年的涟漪，距离我已经有点远了，2000年的涟漪，却还鲜明如昨。现如今，我们又生活在2020的涟漪中心里，看着它渐渐漾开，不知道它将扩散多远，又会波及哪些人和事。许许多多涟漪，还会交叠着出现，彼此抵消，或者彼此助长。

但不论怎样的涟漪，不论是正在扩散的，还是已经平静下来的，都不会真正消失。它从来都只是静静潜藏在我们的血液里，渐渐衰减，二分之一，又二分之一，却从没消失。它总会在那些重要的时刻显影。

敦煌，就是这样一波涟漪。在历史的湖面上投下石子，形成“敦煌”这个涟漪的时间，太难确认了，我们可以把前秦建元二年（366年），高僧乐僔开凿的第一个石窟看作是投向湖面的第一颗石子，也可以把西汉元鼎六年（前111年）设置的敦煌郡看作是第一颗石子。甚至可以再远再远，把最早来到敦煌绿洲开始定居的那些人，看作是投下石子的人。

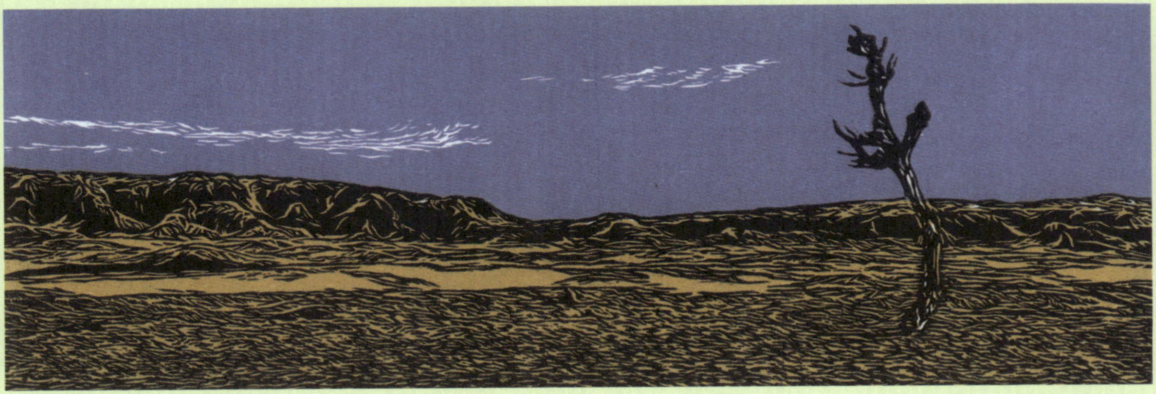

敦煌三危山　木刻版画

我常常想象，他们在某个日子来到这里，在河边驻足，骆驼和马开始低头吃草，他们顺手在树上摘下野果咀嚼，黄昏将至，霞光映照山岩，他们向远处望了片刻，静静做出决定，就是这里了。自己可以在这里生活下去，路过的人也可以在这里补充水和食物。他们成了最早投下石子的人。

我们已经不知道那些投下石子的人是谁了，也不知道他们投下石子的确切时间。但知道结果：我们至今仍然生活在敦煌这个王国里，被它的涟漪微微漾到。它扩散的时间，远比我们想象的要长；它的力度，也远比我们想象的要强。

李安和许知远对话时，曾经说起理念的重要性。李安认为，许多国家的形成“来自血缘、历史、地缘这些东西”，也有国家是“一个Idea（理念）组成起来”“这个是在历史上很少见的。它是一个Idea，各式各样的人，在那个地方组成了这么一个国度”。

敦煌也是这样一个地方。让它成为一个涟漪，穿越两千多年时光，一直荡漾到现在的，不只是地理上的重要性，在世界交通史上，有的是比它更奇崛、更重要的地方，而是因为它最终成了一个IP，一个Idea，一个精神共同体，一个念想，一个信仰……

最早被“敦煌”这个涟漪漾到，是在1980年。那时，我和家人生活在新疆南部，我们像所有人一样，把来自全世界的生活要素融汇在一起。我母亲来自甘肃，父亲来自湖南，左边的邻居来自河南，右边的邻居来自上海，他家的女主人有个绰号叫“小上海”。妈妈的同事通常都有国外亲戚，有的在印度，有的在苏联，他们寄来的信贴着国外邮票，唯一能认出来的是标识面值的数字。

我们看《大众电影》《北京青年报》《八小时以外》和《青年一代》，搜集印度和苏联邮票，听土耳其音乐，读郑渊洁童话、叶永烈科幻小说、手冢治虫漫画，也读阿拉伯神话。电视里播着《血疑》《排球女将》《大西洋底来的人》《加里森敢死队》，也播出维吾尔族和哈萨克族的歌舞晚会。我们吃羊肉和面食，也从邻居那里学做江南小吃。日常话语里，有维语、哈萨克语的词汇和句式，也有上海话和河南话。

五色斑斓，却又无比和谐，该留存的依然留存，该保持的继续保持。我母亲就持续地保持着对家乡的关注，从于阗到策勒到和田，她总能找到甘肃老乡，并且和他们建立联系。《丝路花雨》刚刚上演，并且引起轰动，她就敏锐地捕捉到了消息，她收集了画报上《丝路花雨》的剧照，沿着人物轮廓把反弹琵琶的英娘剪下来，贴在五斗柜的玻璃上。那时流行的贴法，是在这些人物的正面点上胶水，贴在五斗柜玻璃的里面，人物的脸朝外，防止它们被不小心撕掉或者刮坏。

反弹琵琶的英娘，一直贴在我家的五斗柜上，一直到1984年我们离开新疆。我至今也记得她的姿态，和她被点上胶水的位置。还有五斗柜里，那种由茶叶、冰糖和香烟混合而成的味道。一推开贴着英娘的玻璃柜门，那味道就扑面而来。

回到甘肃老家，敦煌的信息扑面而来。那时，正逢日本掀起一波敦煌热，NHK 来敦煌拍了许多纪录片，喜多郎发布了一系列和

反弹琵琶　莫高窟第112窟　中唐　木刻版画

敦煌、丝绸之路有关的音乐，用井上靖小说《敦煌》改编的同名电影上映。甘肃电视台反复播放这些片子，甘肃台自制的专题片和广告里，也常常用到喜多郎的音乐。

正午的太阳放射光芒，光芒在镜头上折射出彩虹弧光，灰蓝的天空，天空下的沙丘，沙丘下孤独的绿树，沙丘上驼队的剪影，配着喜多郎的《丝绸之路》，特别贴合。那画面和音乐，让我懂得这种氛围音乐的妙处，知道了音乐也可以描绘形象和情绪、旋律和音色，也可以描绘长空下沙丘的寂寥、正午的燥热和沙砾的晶莹。

丝绸之路　木刻版画

虽然我只有十岁，却也能感觉到所有这些事物汇聚出的“共同的振奋”，似乎，全世界的人，都因为敦煌擦身而过，在打照面的同时，也点了点头。那种振奋之感，隔了这么久，也还是难忘。

所以，多年后当真去了敦煌，我并没有一丝一毫的陌生感。我已经从各个渠道拼凑出了它的形象，并且反复温习。

我们被“敦煌”的涟漪漾到，也在这个涟漪里，持续不断地投下石子，让它的微波继续荡漾下去。它成了我们想要躲开的地方，也成了我们想要投奔的地方，成了我们的敌人，也成了我们的故乡，成了我们的话语，我们的默契，我们精神 DNA 的某一部分。有时隐蔽，有时张扬。但那涟漪始终存在。

就像海子在他的诗《房屋》里写的那样：“你在早上 / 碰落的第一滴露水 / 肯定和你的爱人有关 / 你在中午饮马 / 在一枝青桠下稍立片刻 / 也和她有关 / 你在暮色中 / 坐在屋子里不动 / 也是与她有关 / 你不要不承认。”

他还写：“而爱情房屋温情地坐着 / 遮蔽母亲也遮蔽孩子 / 遮蔽你也遮蔽我。”

敦煌，也在遮蔽你我。

韩松落 2021年秋

都督夫人礼佛图　莫高窟第130窟　盛唐　木刻版画

# Contents【目录】

【目录】Contents

## 285蓝

去年夏天，在敦煌研究院的仿真窟，看到了285窟。那幅图在仿真窟最里面还没完工的部分，只是墙上一张巨大的高清图，但站在那张图面前，看着星星点点的蓝色，竟然还是有一种站在宇宙星图面前的感觉。我就在那张图前想，一定要看看285窟……

## 在大地的褶谷中

乘车在近乎无人的戈壁公路上行走了很久，路的尽头出现一个小小的登记站，靠近登记站，一个保安守在里面，三扇窗户都挂着遮光帘，一架空调，两张桌子，三把椅子，一个饮水器，几个水杯，就是屋子里的全部物品。在大漠或者深山、孤岛上，守卫灯塔、微波站，是我向往的工作，但眼前这份工作，也实在太孤寂了……

## 那道光

生在西北，常见这样的光，赤裸的天空和大地，似乎特别适合光的通行，阳光、霞光、星光、月光、火光，总是那么通透地破空而来。少年时候的某个夏天傍晚，暴雨之后，墨黑的乌云中，突然出现裂缝，一道金光从裂缝中迸出，像一股不可抗拒的力量，把墨云向两边分开……

## 打开莫高窟，就有金光溢出

我问过很多研究历史的甚或做考古的，以及画画做雕塑的人，有没有来过莫高窟，多半说没有。一来，莫高窟的确是远，二来，人们总有种“越美丽的东西我越不可碰”的心理……


123 131 137 147 163 175


## 敦煌的春天不曾滑落

在商议拍摄计划的时候，我告诉王导演，不妨把档期安排在三月底，这样可以拍到敦煌的杏花，但王导演被别的片子档期影响，只能在四月赶到。往年这个时候，杏花也还正盛，今年因为回暖比较早，四月时候，杏花已经到了尾声。

## 路过甘肃

甘肃，是世界上地貌最丰富的地区之一，拥有除了海洋之外的全部地貌，它荟萃了东南西北的灵气，集中了四面八方之精神。这里有山地、高原、平川、草原、沙漠、戈壁、冰川、峡谷、绿洲，有气象万千的自然景色，也拥有华美的历史遗迹、丰富的物产……

乐舞图（局部） 莫高窟第220窟 初唐 木刻版画

Quchi Yangrou

# 去吃羊肉！

到了西北的任何地方，先打听，先问，先找，先吃羊肉。

徐晋林老师带着我和小乐，为着这本书，来敦煌“感受一下”。那次，就是从羊肉开始的。入住之后，他先带我们去了敦煌宾馆附近三危路上的老叶家羊肉汤。他说，这是整个敦煌他目前最喜欢的吃羊肉的地方。

能找到好吃的羊肉，说明地头熟，能讨论哪里的羊肉好吃，是开始交际的第一步，相当于讨论天气、子女教育，这是独属于西北人的套路。

几年前，一位在南方长大的女明星来西北拍戏，在兰州短暂停留。晚上，她慕名去了兰州著名的正宁路夜市，却被她看到的景象吓得花容失色。夜市上有许多吃羊肉羊杂的摊子，就摆在路边，摊主坐在一张桌子后面，桌面上堆满煮好的羊杂，桌边整整齐齐地码着羊头和羊腿，码成一面墙，足有半米高，非常壮观。女孩子被这种彪悍的场景吓坏了，拍了照，发了微博，拿这幅景象和一部著名的 CULT 电影进行比较，结果遭到大批兰州人的围攻，不得不删了微博。

这件事我暗记在心，常常被我用来说明地理心理的差异，有些事，身在其中的人看惯了，不觉得有什么异样，一定要借助外来者的目光，才能觉出几分不寻常。生长在西北的人，觉得夜市的羊肉摊子，以及摊子上码放羊肉制品的方式非常豪阔，非常有排面，但对南方姑娘来说就有点骇人了。她表达她的惊骇，没什么不妥，群起而攻倒显得有点小家子气。

不过，夜市尽管看起来非常粗放，羊肉看起来也很有“大块吃肉”的嫌疑，但当真吃过西北羊肉的，却都没什么抱怨，许多人还会从此念念不忘，因为一旦离开西北，就吃不到这么新鲜美味的羊肉了。我带来自南方的朋友去吃本地的羊肉，他们从犹犹豫豫到甩开膀子，也不过是一块羊肉的事，回到南方后，他们还时常念叨我们这边的羊肉，甚至觉得南方的饮食太矫情了。我想，他们南方人的身体里或许有一颗北方人的灵魂，而羊肉勾起了他们的乡愁。

羊肉毕竟是北方的食品，因为它性热、燥，适合生活在寒凉之地的人们。尽管现在的人们暴露在户外的时间很短，即便是冬天，也浑然不觉就过去了，但冬天毕竟是冬天，它的荒寒、枯燥、阴郁是无处不在的，暖气也赶不走，那种季节转换带来的动物感伤，更是会隐隐发作，正需要羊肉的热、燥作为调和。不管黄焖羊肉（清水煮过之后用酱汁爆炒）、手抓羊肉（清水煮过切条上盘，配以孜然和大蒜），还是羊肉泡馍，都能在人的胃里和脑子里生起一个小小的火炉，暖暖的，像是在慢慢燃烧，足以让人抵御一场北风天气，一段风雪交加的路，以及心里莫名其妙的阴郁。

我虽然在新疆长大，但小时候并没爱过羊肉，反而是离开新疆，在兰州生活多年后，慢慢对羊肉上了瘾。之所以上瘾，是因为逐渐发现了它的美味，也逐渐发现吃羊肉是补充体力的最好办法。尤其是久坐家中，密集写作一两天之后，不论从体力上还是从心理上，都会产生一种抓狂般的羊肉渴慕，要吃羊肉，而且得是手抓，立刻！马上！许多个晚上，我完成当天工作量，关掉电脑，换身衣服，就直奔有手抓羊肉的餐厅，一个人要上一斤半手抓，或者找个有羊杂的摊子，要上一份纯羊肚，就着大蒜慢慢吃完，劳累和积郁一扫而空。

就在吃肉的当时，我似乎能看到我身边浮起一个游戏里的能量条，正在一点点被充满。所以，每每看到草地上静静吃草的羊，我都满怀爱意，它们啃食的每一根草，最后都变成了我的小宇宙，我的小火炉。

虽然都是羊肉，但羊肉的味道不是整齐划一的，做的方法也有区别。做羊肉，是对餐馆主人人脉、鉴赏力、味觉审美能力的极大考验，要能找到好的羊肉产地，要能建立长期的联系，要懂得做减法而不是做加法，要能找到顾客心理上最微妙的撬动点。每一个环节，都决定了一家馆子，是开三个月，还是开三十年。

徐老师带我们吃的“老叶家”，属于散淡豪放派。店里的桌椅板凳都非常简单，桌子很大，铺着花塑料桌布，上面再压上一块玻璃，此外没有别的设施。这种风格，就是那种“微妙的撬动点”，越简单，越让人觉得店主是有自信的，越简单，越容易让人产生“这里最专业”的感觉。

女老板和徐老师很熟，但也不是过度热情的那种，西北人的情感，都被风吹过日头暴晒过，像干草一样简淡。打过招呼，问一句“还是要羊骨头吗”“三个大碗羊肉粉汤吗”，就去忙自己的了。

大白瓷盆子，盛着羊骨头就上来了，带着肉的羊骨头有大有小，不经意地堆在盆子里，不像兰州的饭馆，羊肋条一定要切成一般均匀。但抓起羊骨头来啃一口，立刻就知道，这只能是敦煌的羊肉，散散的，淡淡的，不腥不膻，也觉不出调料的味道，应该只是少少地放了些盐，脆骨和筋肉都特别好嚼，这种散淡，让人觉得它是在草场上就地做好端上来的。

抓着羊骨头，立刻不想说话了，也不想蘸料，横啃竖啃，啃着啃着，会产生奇怪的感觉，觉得自己是牧民、行商，或者土匪、强盗，几千年来吃着同一盆羊肉。

羊肉也带着密码，羊肉也是时光机。

啃羊骨头，吃羊肉粉汤的时候，是不会想到生产羊肉的碳排放的。最后一口羊汤下肚，我倒是又产生了那种能量条被注满的奇怪感觉。

吃过羊肉，腻，怎么办，有杏皮水。杏皮水是杏干浸泡后煮出来的，是敦煌最具垄断性的饮品。几乎所有的餐馆、百货店前面，都粗枝大叶地挂一张硬壳白纸在外面，粗黑的笔写着“杏皮水”，用扎啤的杯子盛出来给你。二十年前，是三块钱一小杯，五块钱一大杯。二十年后，涨到八块钱一大杯。搬个小板凳坐在店门口，一边喝一边看着街上走过去的人，半个小时就过去了。

临走前，我对着菜单拍了张照片，算是记下这里的羊肉价格，2020年7月某一天的价格，这是我最爱做的事。价格也是某种年轮：

羊肉粉汤，大碗21元，小碗19元；加肉羊肉粉汤，大碗41元，小碗39元；加肉清汤羊肉，大碗46元，小碗43元；羊杂，大碗21元，小碗19元；羊肉面，大碗21元，小碗19元；羊肉臊子面，12元；羊肉砂锅焖面，40元；爆炒肚丝，90元1斤，香辣炒羊杂，90元1斤；羊脑，15元1个，大饼，1元1个。

乐舞图　莫高窟第220窟　初唐　木刻版画

Denghuo Zai Lanyezhong

# 灯火在蓝夜中

想起敦煌，最先想起的常常是敦煌夜市的灯火。

之所以惦记着敦煌夜市，是因为它是许多人到敦煌之后的第一站。飞机飞到敦煌，是中午或者下午，火车抵达敦煌，也通常都是午后，晃晃悠悠到了敦煌市里，住进酒店，休息片刻，就到了敦煌夜市开场的时间了。

不过，敦煌夜市和沙洲市场是什么关系呢？一个地方，两块牌子。市场北门的门楼上，既有“敦煌夜市”也有“沙洲市场”，因为，市场里贯穿南北的那条主街，白天是市场，主打工艺品、土特产，到了晚上，就主打美食了。

徐晋林老师和我们的行程，也是从沙洲市场开始的。午后，飞机到了敦煌，落地，出了敦煌机场，在落地后气场转换的微微眩晕中，车来了，悄没声息地停在我们旁边。大路很宽阔，阳光很好，路两边的白杨、红柳和李树、杏树，在透明的风里微微摇动。

这是通往敦煌之路啊，来过那么多次，这条路还是让我雀跃。

吃过羊肉之后，剩下的小半天时间去哪里都不够，所以，还不

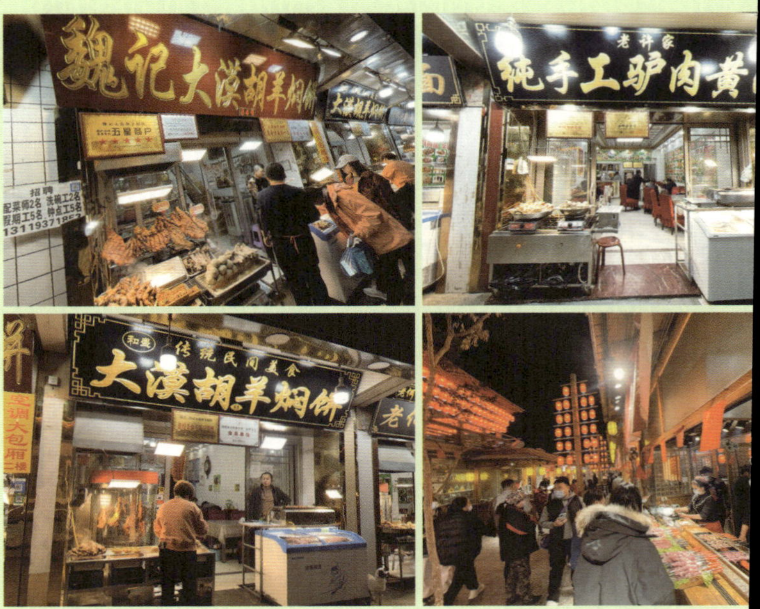

到黄昏，我们就索性去市场了。从三危路上拐到文昌南路，就是沙洲市场的东门，跨过东门，首先是美食部分，一家挨一家的馆子，不外驴肉黄面、臊子面、驴肉捞面、牛柳炒面、肉夹馍、大盘鸡、黄焖羊肉、驴板肠、羊杂汤、羊肉粉汤、胡羊焖饼、沙漠鱼、水煮羊排，以及捎带着卖的酸奶、杏皮水。伙计在门口坐着，翻动一下炒羊肝，或者煮在大锅里的羊蹄，算是活招牌。不到饭点，餐馆老板并不急着揽客。

美食街和市场主街衔接的部分，摆着些摊子，卖的是水果和土特产，不外锁阳、当归、黄芪、枸杞、黑枸杞、雪菊、杏干、苹果干。

春

幸运的是，我们去的时候，李广杏到了尾声，却还没下市，几个水果摊子都摆了杏子堆，黄澄澄的一座座小山，泛着李广杏独有的香气，老板热情地招呼客人：尝一下试试。

问了价格，三十一斤，也有二十五的，三十的明显要比二十五的好。知道我们是外地人，老板还主动推出现场购买之外的业务：可以发顺丰。并从摊位下面拿出几个发快递用的纸箱子晃着。都知道李广杏放不久，这是李广杏卖不到更远处的重要原因。我就问，最多能放几天？他说，三天之内的话，是可以的，再远就不行了。

随后就到了那条贯穿南北的主街，这条街大约有一公里长，北边工艺品居多，南边美食居多。我喜欢南边，喜欢夜晚的南边。虽然也不一定要吃什么，就是来来回回走着，也心满意足。

只有敦煌，只有敦煌夜市，才有那样的灯火：暖白或者金黄的灯光，照着水果摊上柔黄的李广杏、灰绿的哈密瓜、橘黄色的白兰瓜，照着烧烤摊红色的火炉，照着工艺品摊子上仿制的壁画、泥塑的观音、石雕的佛头和一朵朵莲花。

灯光又暖又亮，灯的光线似乎缕缕可辨，需要用梵·高式的笔触画出来，凌厉又灿烂。许许多多这样的光线汇成一条街，街又延伸出另一条街。街还和别的街串接么？不知道。

街道上空是蓝天，从黄昏到深夜，依次变作各种颜色，先是碧蓝，然后变为灰蓝。变成灰蓝的时候，天上就有晚霞或者火烧云，春天冬天有晚霞，夏天秋天有火烧云。火烧云有时候会不停翻滚，像是云里有一场战争。在战事最激烈的时候，云的边际已经镶上了深灰色，深灰慢慢变成黑色，并且不断蔓延，逐渐侵蚀到整片火烧云，只在有破绽的地方映照着一点残红或者金黄。最后，这一点残红也暗下去了。

这一切要不了二十分钟。等到火烧云变成灰烬，天空就像是激情退却了，终于清醒过来，变成清澈的墨蓝，只在天地相接的地方，有一道火红或者金黄，有时候是异样的明黄。山的形状也变得清晰了。那道火红也至多维持三五分钟，三五分钟之后，天空、山脉和大地，终于释然，变成最深的墨蓝。

人声也和天空的颜色配合着。天空的颜色变化最激烈的时候，街市的人声是浮泛的，琐碎的，没有主线，也没有层次。在浮泛的噪声里，偶然有一两声小孩子的叫声，或者烧烤摊子上招揽顾客的小伙子的叫喊声。

天空的颜色深下去之后，人声也变得沉厚，像是整体降了半个八度。是因为说话的人怕惊扰到别人，主动降低了声音，还是夜气升起来了，把人声压下去了，不知道。街市的后半夜，声音就是那个样子。再晚一点的街道是什么样，灯光是什么样，人声是什么样，不知道。灯光是什么时候开始变得寥落的，叫卖的小伙子是什么时候开始变得疲沓的，也不知道，我没有守过它的后半夜。

只有敦煌，才有这样的灯火，是因为这些因素都很微妙。灯光的颜色，灯泡的形状，灯光照射下那些敦煌独有或者西北独有的水果，还有混合出夜市声音的那些方言、那些语调，也是敦煌独有。还有街市上的气味，烤羊肉、驴肉黄面、杏皮水共同酝酿出的气味，敦煌独有。

还有天空的颜色，天黑的时间，夏天九点，冬天六点，都只是敦煌才有。形成一个独有的夜晚，需要很多因素，一万个因素，甚至十万个因素，缺一不可。这些因素中，只要有一项有所更改，夜晚就平行出另一个夜晚。和夜晚有关的命运，也滑向另一个方向。

在敦煌的那些天里，我们许多次经过敦煌夜市，无数次看过那些灯火，灯火上的蓝夜。真的，一次不够。

又一个黄昏，我们在附近吃过火锅，从夜市穿过。灯才亮起来，烧烤摊子上客人还不多。揽客的小伙子热情地招呼着我们，使我们觉得，从他身边走过，不吃点什么非常残忍。但人为什么这么少啊，是因为疫情之后，莫高窟才恢复开放一个半月，还是因为在四周游玩的人还没回来？

我希望人坐得满满的，灯火照着他们，把他们的脸照得金灿灿的，蓝夜自顾自地黑下去。世界上所有的夜晚里，不能缺少敦煌的夜晚。

说法图　莫高窟第285窟　西魏　木刻版画

# Leiyinsi De Lantian

# 雷音寺的蓝天

寺庙通常都是安静的，但南方和北方的庙，安静是不一样的。南方寺庙的静，是翠滴滴的，是让青苔都会变老的，是一只鸟的啭鸣，让鸟自己都会心惊的，到了晚上，就是李贺诗里“古祠近月蟾桂寒，椒花坠红湿云间”那样的。北方的庙的静，从物理上来讲，也是一种安静，但那种安静却是通向四面八方的。

雷音寺就有那种安静。

雷音寺在通往鸣沙山的路上。出了敦煌，走个四五公里，雷音寺就在路的左边。放下了去雷音寺的人，那条路还继续向前，路的尽头就是鸣沙山。蓝天下，鸣沙山金黄，一条公路正好在中间，像条微微闪亮的河流，有点像“中国66号公路”新疆段，是网红拍照最喜欢的背景，豁出命（并不赞成）来也要在路中间拍张照的。

雷音寺门口的这条路非常安静，或许是受疫情影响，没有人也没有车。正门就在路边，红墙映着绿树，衬着后面的蓝天，门口的抱柱牌匾上写着“此地古称佛国，满街都是圣人”。

敦煌研究院研究员李正宇在《敦煌雷音寺溯源记》里，对雷音寺的过去做了追溯：

> 近年移建于敦煌城南之雷音寺，可追本于西晋之“仙岩寺”，历十六国、北魏、西魏以迄北周；隋、唐则名“崇教寺”，五代及宋名“大圣仙岩寺”，元、明则为“皇庆寺”，清代始名“雷音寺”。

雷音寺里的《敦煌雷音寺扩建碑记》讲述了后来的故事：

> 雷音之史久矣。自晋司空索靖题壁号仙岩寺，法护菩萨驻锡，法显、玄奘经行，历千七百余载，屡经兴废。公元一九八九年，经敦煌市人民政府同意，本会于市城南之鸣沙山月牙泉北端择龙穴正脉予以重建，一九九一年落成开光，即今之寺也。……扩建格局取法莫高窟盛唐第一百七十二窟《观无量寿经变》之壁画，邀请专业设计院草拟图稿，多次修订，规划乃定。

雷音寺和别的寺庙相似，也有天王殿、观音殿、地藏殿、罗汉堂、大雄宝殿，最里面的一个院落有大光明殿，两边分别是琉璃殿和极乐殿。稍有不同的是，雷音寺里还有一个九宫图迷宫，可以让人体会一下人生的迷局。

在寺庙深处，一间不知道做什么用的厢房门前摆满了佛像和神像，看得出，那些佛像和神像都是从各处收来的或者捡来的。既有观音和弥勒，也有寿星和财神，瓷的、泥的、铜的、木的。有非常灵动的，也有非常艳俗的，摆放在窗台上、栏杆上、地上和纸盒子里。却一律含着笑，又蒙着尘，甚至有破损。观音照旧眉眼婉转，财神照旧一脸兢兢业业，有着浓眉也压不住的笑意。

我知道有些地方、有些人，四处收集这些被人丢弃的神像佛像，

把它们安放起来。这间房子，或许就是这么一个安放之所吧。

让这座寺庙有别于别的寺庙的是西北的大地和天空。庙外，是金黄色的鸣沙山和碧蓝的天空，庙里，也是那种碧蓝的天空，衬着屋宇、大殿前殷红的蜀葵，以及杨树、榆树和柏树。天空也是有性格的，因着大地、沙丘和白杨、花朵，天空有了性格：这是西北的天空，广漠、宽厚、慈祥、缓慢，甚至有点愚钝。它也俯瞰，但不是鄙视；它也笼罩，但却更像是在包裹。它源源不断地给大地上的事物某种养分。

它好像可以吸纳杂音，大地上的一切，因为有了这样的蓝天，都莫名地静下来了，但那种静，又不是冷冽的、无情的静，而是某种怀有期待的静，似乎它吸纳的声音和形象，都变成了蓝天背后某些缓缓滚动的团块。它也将吸纳我。

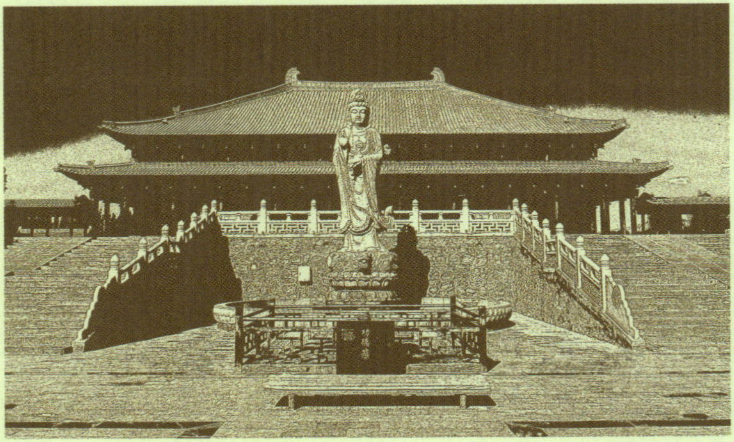

赵声良先生写过敦煌的蓝天，那篇文章的题目是《敦煌清朗的蓝天》，他说，有位从伦敦来到敦煌工作的学者，对敦煌的蓝天发出由衷感叹。而赵先生每次从兰州来到敦煌，一看到那毫无杂质的天空，心里也瞬间轻松了。

我对天空的感受，多半和我的心境有关。在保罗·鲍尔斯的《遮蔽的天空》里，波特和姬特骑车到沙漠看日落，他们的对话揭示了书名的含义：

> “你知道吗，这里的天空非常奇怪。仰望天空的时候，我常常觉得它是某种固体，替我们挡住了后面的一些东西。”
>
> 姬特微微打了个冷战：“后面的一些东西？”
>
> “是的。”
>
> “可是那后面能有什么东西？”她的声音很小。
>
> “什么都没有吧，我想。只有黑暗。绝对的黑夜。”

他们不愿意深思蓝天背后的世界，他们知道那后面是生命的虚无，蓝天只是一块幕布，遮蔽了无尽的黑夜和无尽的虚空。但此时此刻，在敦煌的天空下，我看到的天空却是温暖的、宽厚的。一切都在限定我：秋天、沙丘、蜀葵、白杨、寺庙、暖洋洋的午后，稍纵即逝的幸福感。一切也都限定了蓝天：秋天、沙丘、蜀葵、白杨、寺庙、暖洋洋的午后，和不远处画满壁画的石窟，几千年来看着同样蓝天的人。

只因，这是敦煌的蓝天。

普贤菩萨　榆林窟第3窟　西夏　元　木刻版画

Wei Ai Yueyaquan

# 危爱月牙泉

1991年5月29日，有台湾来客，自称姓陈，辗转联系到贾平凹，随后冒雨拜访刚刚出院的贾平凹，事由很简单，他受托送三毛的遗物去敦煌，路过西安，要来看看贾先生。

对死亡有准备的人，早做好了安排。三毛告诉这位陈先生，她本打算将自己的遗骨和衣物分做两半，一半葬在台北，一半葬在浙江的油菜花田边，直到1990年10月，她来过敦煌，看过月牙泉，写下《你是我不及的梦》，就改了主意，决定把自己的一半遗物安顿在月牙泉旁边的鸣沙山上，不掘墓穴，不立碑，在那里焚化就好。

莫高窟，鸣沙山，月牙泉，最适合作三毛的灵魂萦绕之地，心念归去之所。沙漠是通向空无的必经之路。荣格曾说："所有未来之事都已成图像：要寻找灵魂，古人会进入沙漠。"他也说，他的灵魂是个沙漠，而他不再避开自我，不再避开灵魂的所在，"这个世界只有自我，或是完全成为自我的人才能够踏进"。

像三毛这种“大地的孩子，苍天的子民”，这种和艾米莉·勃朗特一样的石楠高地上的呼啸灵魂，必然会爱上沙漠，爱上鸣沙山和月牙泉。尤其月牙泉，一眼颤颤巍巍却又坚不可摧的泉，一点岌岌可危却又不依不饶的爱，人间和荒漠相接之地，表世界和里世界的过渡地带，既丰饶又抑郁，既欢乐又荒凉，非我族类不能体会。

它如何成形，何时成形，为何选择在此地涌出，都已经不得而知。说是党河的古河道残留成泉成湖，有地下暗流补水，所以不会干涸；说是断层渗泉，说是风蚀湖，所以才会沙泉共存。或许都有道理，但对我而言，这些道理都不算有说服力，有月牙泉，是因为必须要有月牙泉，以显示他来过，以显示他的力量。

它岌岌可危，却也存在了许久，说是汉代就已经有游人，就已经有了“汉武帝得天马于渥洼池中”的传说；说是在唐代，泉上可

以行大船，泉边有寺庙，有葱茏林木；说是直到清代，这里还可以行船垂钓，有游记这样写："池水极深，其底为沙，深陷不可测。"

成为危泉危湖，是这五六十年的事。敦煌人多了，行行业业发展了，用水多了，地下水位自然下降。1975年党河水库建成，整个敦煌的地下水补给减少，月牙泉也终于独力难支，慢慢水位下降，慢慢面积缩小。

于是补水，于是注水，于是竭尽所能把它多留片刻。1986年，掏泉注水，先深挖月牙泉，再挖出小泉湾人工湖，铺注水管道进行人工注水。不可思议的是，注入的水和自然渗出的泉水难以相融，泉水的寒碧色和注水的淡白色混在一起，反而变得混浊。1992年，人工输水停止。

还是要用渗水进行补给，还是要用泉的方式来补充泉。于是，休整二十年后，月牙泉恢复补水工程，先在党河河床上修建低坝回

灌工程，把为月牙泉补给水源的那段党河河床一分为二，一半是洪水河槽，一半渗水场，再让洪水在渗水池中停留，沉淀泥沙，由高处向低处渗流，补充地下水，让月牙泉以这种较为自然的方式恢复生机。月牙泉的水深终于到了两米，水面面积恢复到十二亩。

为什么要为月牙泉大动干戈、东奔西走？地球沧海桑田，2020天翻地覆，南极冰山加速融化，雨林大火映红半个地球，小小十二亩泉湖，说消失也就消失了。

但月牙泉不能，就和圣·埃克苏贝里借着《小王子》说的，一

朵玫瑰之所以是这朵玫瑰，是因为我们倾注在玫瑰上的爱、花费的时间。月牙泉有别于地球上所有的泉溪河湖，乃是因为从古到今，我们围绕它所建立起的所有记忆、所有往事，以及我们想起它时那种颤颤巍巍的感情，那种岌岌可危的爱。这种岌岌可危的爱像刀锋一样，划过我们很多次了，留下伤痕无数，唯独这次，我们好像还有点能力，尽力留住一点晶碧。

对西部人来说，它更是一种神秘象征。不是西部人，不曾守过荒天野地，不曾见识过一场雨就能让一片山柔绿，不曾在枯井里用铁勺子咣咣地刮过最后一滴水，不曾在翻过一座沙丘后看见一片依水而成的最小绿洲，就绝难体会这种象征的惊心动魄之处。

月牙泉，可能是全中国最不起眼却最惊心动魄的景点。

我在不同的季节去过月牙泉，也在一天中不同的天色里看过月牙泉。夏天，被罗布麻的红花围绕的月牙泉；秋天，有金色胡杨和芦苇倒影的月牙泉；黄昏，被落日环抱的月牙泉；甚至夜晚，没有被灯带包围前的月牙泉，那时的它，像是沙漠里一个通向另一个世界的入口。

敦煌城离月牙泉只有五公里，但对一些人来说，住在敦煌城，

离月牙泉还不够近，有一些本地人本来就在月牙泉附近居住，每天牵着骆驼去鸣沙山载客，到了晚上七八点，骆驼下班了，成群结队、欢天喜地地走在街道上，驼铃当当响，系在骆驼身上的绒球、大红花和彩带上下起伏飞扬，更添欢喜。十二亩月牙泉，是几百几千人和骆驼的生计所在，他们和月牙泉的近是自然而然的。

又有一些人，就是单纯为了和月牙泉近一些，于是他们来这里扎帐篷露营，就有了露营基地，渐渐有人来开民宿，有人来住民宿，在民宿里当义工，这些人最终汇聚成现在的月牙泉村月牙泉镇，一个乌托邦一样、吉卜赛一般的居住点。为什么要住在这里？我想，只有住在离月牙泉足够近的地方，才能有依着、傍着，乃至守着的感觉。

似乎，还不够。“我在月牙泉镇子上的民宿住下，晚上觉得还是不行，就到月牙泉旁边的沙丘上睡下”，一位朋友说，“睡沙丘的人不少，灯光星星点点的。”

“还是不行”，话很朴素，却说完说尽。面对月牙泉，总有一种不知如何是好的感觉，恨不能把它看尽，恨不能把它揉碎，恨不能把它缩小带走，恨不能把它吞下，恨不能和它发生一切可能发生的关系。睡在和它只有咫尺的泉畔小镇，也还是不行，必须要睡在它身边，闻着水汽，感觉沙丘深处传来的大地的轻微震动。

哪怕注定辗转难眠，哪怕天明就要告别。

说法图（局部） 莫高窟第57窟 初唐 木刻版画

Hekefeng He tade lianhua

# 何克风和她的莲花

在月牙泉小镇，何克风老师在她的工作室门口等着我们。她穿黑色的上衣，衣服边缘有刺绣的花朵，深朱红色的裙裤有黑色的暗纹。身后是她工作室的大门，门上有块牌匾：何氏剪纸。她笑着迎接我们走进工作室，工作室朝北，光线幽暗，有宽大的桌子，四壁都是她的作品。

起初没想到，会有那么惊心动魄。

她跟徐晋林老师寒暄。徐晋林老师和她相识多年，还曾和她合

作过一本《九色鹿——敦煌剪纸艺术》。他们的谈话亲切而自然，她先说在月牙泉小镇开设工作室的种种，在这里，除了做自己的作品之外，还可以给小镇的研学班上上课，表演剪纸。能给来自天南地北的人们讲剪纸，她很高兴。

一个孩子在工作室跑进跑出，帮她招呼客人，孩子穿得很“滑板”，滑板T恤，滑板帽，不像本地人。她说，那是她的小学员，从外地过来的，跟她学剪纸。她给了他一朵剪纸的莲花，让他照着剪，继续跟我们说话。

都是寒暄的话。但听得出，她是把徐晋林老师当作可以倾诉的人，才会讲起这些事，有抱怨，有不如意。那种急切的倾诉，我非常懂，毕竟，在西北做创作的人，都要面临这样的问题，身边很少有做创作的人，也很少有人挂念这些事，有些话说不得，有些话只能说给同道。

即便说，也不过是：今年画了什么，写了什么，演出多少场，票卖出去没有，身体好吗，要注意颈椎。都极其平淡，但这些话，只有同道才问得出来，才关心。

在许多年里，遇到能跟我问这些问题的，有一个就要抓住一个，就像阿拉伯神话里瓶子里的神怪，紧紧抓住把自己放出来的人。等到这样的人的机会，是要以百年计的。为什么要这么省俭？不能去有更多同道，去可以大肆讨论这些事的地方吗？也不行。荒天野地笼罩着我们，荒天野地是更大的对话。习惯了这种对话，一旦离开，只怕更加没有话要讲。荒野让人疏离，但荒野也是靠山。谁让你生在这里。

然后，话题开始变得沉重了，像是打开了什么。可能从我问起墙上两幅作品开始，那是她依照榆林窟第3窟的壁画剪的《文殊变》和《普贤变》，原作是壁画，她把它们变成了剪纸，每一幅大概有一米五长、八十厘米宽的样子。两幅剪纸镶了很好的框子，挂在店里最醒目的位置，有镇店之宝的气势。我问她，剪这样两幅作品，得用多长时间？她说，四五年。

“讲讲你剪纸的事情吧，韩老师要写。”徐老师说。就这么开始了。

她就是敦煌人，祖祖辈辈在敦煌种地、种麦子、种棉花，种棉花更多。小时候受了奶奶影响，开始学习剪纸。起初，只是剪些“花花草草，结婚用的囍字，盖了新房子房梁上的贴花”。十二岁，她第一次去了莫高窟，在那里看到了敦煌壁画，买了些莫高窟的画册，那时候，莫高窟门前卖的书，才一毛两毛。回到家里，她突然想到一件事：敦煌壁画是不是也可以剪？

当然可以。

对于觉悟了的人，上天是有惩罚的。干农活的时候，她有根手指受了伤，伤情不算严重，但卫生所的医生说要用新方法，烤电治疗，烤了电之后，皮肤明显坏死了，只好截去手指。那是1994年7月1号。从那天开始，她有八年没有剪纸，一直到2002年，才重新拿起来。我猜，停下剪纸八年，不是因为失去手指影响了剪纸，而是因为失去手指影响了信心，就是“人间到底如何待我”的那样一份信心。

有时候，生死大事都不足以影响这份信心，它照旧无阴影、无裂痕，照旧自顾自圆满，足够让人耿耿望向世界；有时候，一个眼神，一句话，一次失望，就足以影响这份信心。总算到了2002年，她觉得自己又可以了。

“2005年以前都是业余爱好。”让业余爱好变成职业的，是2005年的敦煌旅游节。敦煌旅游节通常在秋天，八月的下半月或者九月初，那年也是。她带了自己的剪纸，到敦煌旅游节摆摊卖，“大飞天才二十，龙五块”，就这样，第一天竟然卖了260块钱。那之前，她“身上没装过一百块的整钱”。

有道坎卡在那里。秋天是要摘棉花的，那年摘棉花的日子，定在九月十五号，她想跟丈夫说雇人去摘棉花，自己在旅游节摆摊，明着说，暗着说，丈夫不理她。雇人摘她家地里的棉花，需要五百块。她不想说了，她决定等攒够五百块的时候，再说雇人摘棉花的事。却没想到，五百块很快就攒下了，她又给自己定下目标，一千块，一千块就说。手里有一千块，理由更充分。

她每天晚上摆摊到凌晨一点，早上八点继续摆，六天下来，卖了990块，差十块就够一千了。她终于不想忍了，对丈夫说，卖了一千，丈夫说，那就摆吧。

“从那时候开始支持。”

她听人指点，把自己的作品做成了画册，开始在街上卖画册。第一天卖册子，就卖了一千。那天，她下了馆子，“吃了臊子面，边吃边哭”。从那时开始，她赶画的时候丈夫做饭。

偶然看到《敦煌报》上有副刊，她就想，诗歌散文可以发表，剪纸应该也可以。她照着《敦煌报》上留下的电话打过去，每次打电话之前要犹豫很久，心狂跳。终于，联系到了副刊编辑，她送去了自己的九十多幅作品，编辑的话她到现在都记得：没想到敦煌有个你。

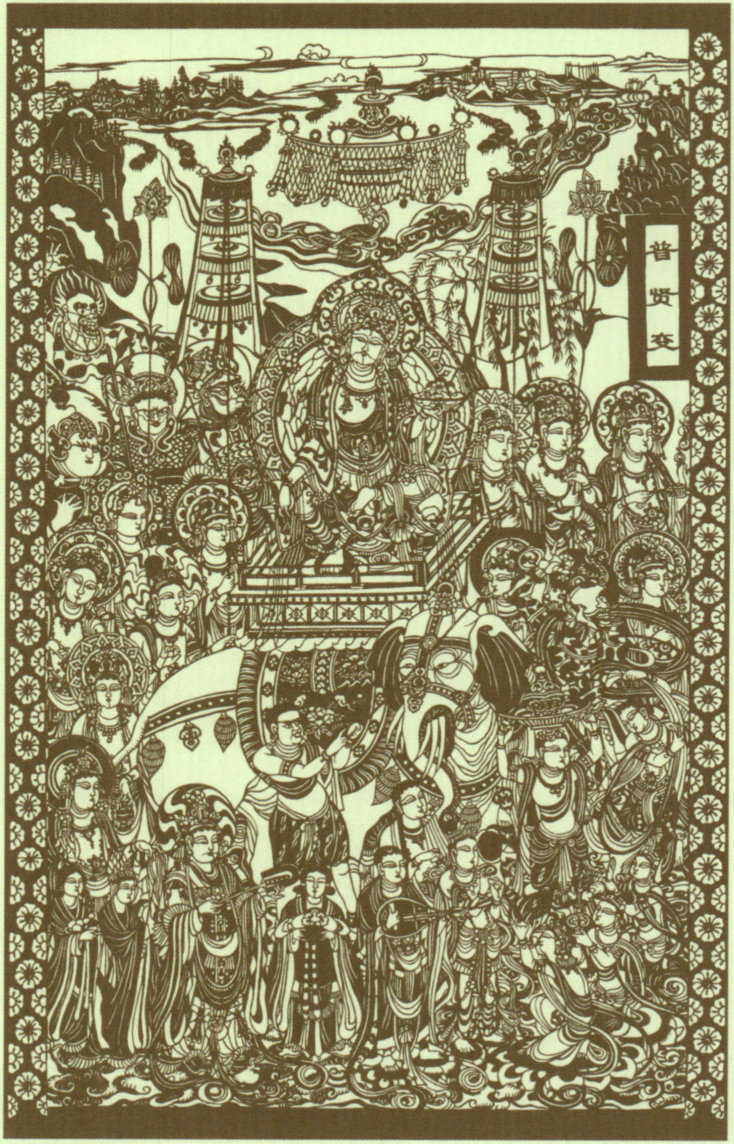


普贤变　敦煌剪纸

文殊变　敦煌剪纸

很快，敦煌电视台跟进，给她做了专题片，在那年大年初二的《周末话题》播出，连续播了三天。接下来是敦煌邮政局，跟她订了两千多个反弹琵琶，用在纪念封上，一个三块，“干吃净拿七千，两口子一年棉花下来毛收入才两万”。

敦煌有个你。这话别人可以说说，但要一点点夯实，还是要靠她自己。群艺馆给她做展，她请了侄儿侄女来帮忙，布置场子，挂画，忙前忙后，展览如期开幕，展了一个月。那是她非常开心的一个月。

去北京参加展览，遇到许多同道，她觉得南方人的剪纸很精细，有人告诉她，她用的是木盘，要想画面精细些，得用蜡盘。她找人买蜡盘，一打听，一个蜡盘要两百块，而且没有现货。一个浙江人听到她的消息，来找她，棉衣一掀，藏着一个蜡盘。他把蜡盘送给了她。这一趟回来，她感觉“有了希望”。

一次展览上，有位领导建议她做本画册。她开始动手做画册，侄女找朋友借了一万块钱给她，她用这一万块做了两百本画册，余出五百块给儿子买了一把琴。册子做好，她开始张罗销售、宣传的事，接受世道迎面撞来。每件小事，每扇门，对她都是天大的难。有时候，她要在楼道里站很久，才有勇气去敲门，有时候，有人刁难她，“那感觉至今难忘，好像自己一下分了两截，上面是上面，下面是下面”。

每天回到家里，她复盘当天的每句话，不知道自己有没有说错什么，穿衣打扮是不是得体，别人说的话是不是有言外之意。那是日常的磨难，却也不亚于雷轰电击。犹如孙悟空在西牛贺洲灵台方寸山上向须菩提祖师学长生术，祖师告诉他："此乃非常之道，夺天地之造化，侵日月之玄机。丹成之后，鬼神难容。"所以必须经历"三灾利害"："到了五百年后，天降雷灾打你，须要见性明心，预先躲避。躲得过寿与天齐，躲不过就此绝命。"再五百年后，天降火灾，再五百年，又降风灾。

她不知道自己经营的是一份"非常之道"，她只会往自己身上归因：知道了见世面的重要性。

听何老师讲自己的故事，听了两个小时，我用手机做了笔记。但当真要动笔，我还是省略了许多细节，这是人情世故，也是五百年后的再五百年。

那些古代的画师，恐怕也大致如此吧。那些来自凉州、甘州，或者更远地方的画师，都大致如此。他们在某个地方出生，在棉花地、麦子地、苜蓿地围绕的屋子里长大，某一天，他们突然觉醒，像主动选择某种天赐的劫难一样，选择了要当画师、歌手或者乐师。从此一点点磨炼技艺，四处拜师学艺；从此注定一生都奔走在流散之路上。在别的村落，别的镇子，找到同道；在别的城市，别的港口，找到聆听者；在烟雾和邪笑弥漫的小酒馆，在一场纠葛即将爆发之前，收拾行李默默离开。

他们带着异乡人的面孔，穿着异乡人的衣服，抵达敦煌、龟兹、长安或者洛阳，找个地方暂时落脚。他们给旅馆画柜子，给路人画个扇面，慢慢让人认识自己，再求人把自己介绍给曹家（张家或者李家）管事的，在庙宇或者洞窟里谋得一席之地。笔是寻常的笔，颜料是寻常的颜料，洞窟的墙面是寻常的岩砾，人是寻常的人，刚刚被管事的人凶过，未完工的香火台子上还摆着吃剩的半碗凉面，但只要他们蘸了颜料，开始挥笔，一个完美世界就覆盖了眼前的一切：漫天花雨，仙乐飘飘，神仙含笑聆听极乐的秘密。

一如此刻，何克风画室里，那些随意摆放的剪纸：红色的普贤文殊在天上宫阙端坐，蓝色的水月观音在月下闲坐，伎乐天在繁花中反弹琵琶，千手观音收束了她的身体，像一炬幽暗的火焰，九色鹿临水自照，旅人牵着骆驼走过沙丘。还有她最喜欢剪的小画：莲瓣一样的手，拈着莲花，托着莲花，攥着莲花，莲是污泥里诞生的奇迹，莲是洁白如初的命。九根手指，烈日下的棉田，一扇又一扇紧闭的门。呸，都算什么呢，她救得了自己，她甚至救了别人。



古人其实都是今人，今人也不过是古人。见识过一位当今的画师，莫高窟的所有秘密都不是秘密。什么莫高，什么云冈，什么五台，什么雷音，什么神仙，都是这一个个奔命的人，棉花地里的丢下锄头，麦子地里的丢下镰刀，汇聚此处，一面挨着日常的凌迟，一面画莲画佛，让你我有所寄托。



我买下一套何克风老师的《九色鹿》，还有一幅菩萨，送给了

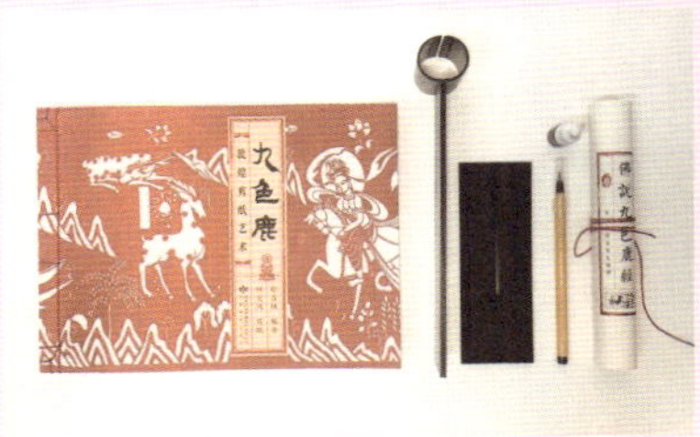

我少年时最喜欢的歌手孟庭苇。在贫瘠的少年时代，她搭救了我，安抚了我，给我搭建了一个临时天堂。后来我也知道了她的歌为什么如此恬静，她有信仰。

有了这般那般的信仰，心事就可以放下了，就可以一点一点把自己从污泥里搭救出来，甚或搭救别人。直到有一天，心事终于清空，洁白如初，千山外，斜阳外，有人持莲而来。

莫高夕照　木刻版画

Dunhuang Renjian Siji

# 敦煌，人间四季

距离我家五公里的地方有座名山，风景秀美，山下有间馆子，由一对夫妻经营，饭菜极为可口，我每每带朋友爬过山之后的最后一项节目，就是去那间馆子吃饭。

有年夏天，一早出门，却发现那间馆子的老板娘拎着一只篮子走在街上，打过招呼之后才知道，她就住在我家附近，拎着篮子是上山采蘑菇去了。她随即撑开篮子给我看，这是什么蘑菇，这又是什么蘑菇。闲聊几句，说起她的馆子，她说，我们这里生意可不好做，冬天太长，有五个月都闲着。闲着的时候做什么？我问。她用一种听起来无奈，但却有点得意的口吻说，闲着就窝着，过冬。

要过了几天，我才能明白她为什么会是那种语气。窝冬，是无奈，但也温馨，能做半年生意，休息半年，也说明他们生意做得好，有积累，而且总被人需要，随时可以复出，所以又有得意。

甘肃人说起自己的旅游业，也都是这种口吻：一年只能做半年。但我在这里生活了这些年之后，却觉得，这鲜明的四季，这四时的风花雪月，分明每天都值得，每天都该有生意。我甚而怀疑，这是甘肃人的饥饿营销，为的是试探自己是不是被需要，让大家都赶在那半年来旅游，忙上半年，就可以休息半年。

就不该让甘肃人休息啊，中国这么大，但拥有这么鲜明的季节感的，只有甘肃吧。冬天就像个冬天，夏天就像个夏天，界限分明，不容混淆，开什么花，下什么雪，安排得清清楚楚。敦煌尤其如此。

敦煌四季，人们只知道夏天和秋天的好，但我也同样喜欢它的春天和冬天，甚至比夏天和秋天还要喜欢。因为夏天和秋天已经有人喜欢了，而冬天和春天还少人和我分享。尤其春天，尤其杏花。

敦煌壁画里有一些是描绘生活场景的，那些壁画里有一种绿，淡淡的，清新的绿，用来描绘山，描绘田地和树木，尤其是中唐以后的壁画里，这种绿越发常见。我怀疑，那种绿起初是很浓很重的，现在给我看到的样子，是经过时光侵蚀后的结果。但现在看到的这种绿，恰好就是西北春天的绿，麦苗刚刚出土，没到手掌高的时候，麦田和旷野里的那种绿，清清淡淡，似有若无。那种绿，是痒到心里去的绿，具体地诠释了“春”是什么，又是怎么来的。

那样绿过之后，就是杏花的世界了。三月底到四月中，敦煌遍野都是杏花（否则夏末的李广杏是哪里来的），旷野里，果园里，河岸上，莫高窟前，杏花像泡沫一样涌出来，到处都被这雪泡沫埋了。四月前后，敦煌要被花雪埋掉半个月。

杏花也是那种痒到心里去的花，它不像南方的花，大朵、圆硕、清晰，它们作为花，太具体了，太笃定了，太高像素了，杏花细碎、

脆弱、飘忽、微妙、漫湮，像是随时可能消失掉，每一片细碎的花瓣上都有光影流动，更增加那种不确定感。事实上，盛开五天到十天，它也就消失了，绿叶覆盖了整棵树，落花立刻成泥，不留一点痕迹。似乎，这长满绿叶的杏树和开满漫湮花朵的杏树，不是同一种事物。

所以杏花容易被忽略。2016年12月，国家市场监督管理总局通过了对“敦煌李广杏”实施地理标志产品保护的申请，但杏花却没有获得相应的声名。属于杏花的那五天十天，撞上就是撞上了，撞不上，就要等一年，甚或一生。甚至敦煌本地人，可能略微一分神，就让杏花的季节过去了。而一生，不也就七八十场杏花季。

我始终把杏花当作上天给西北人的馈赠，是一场奇迹。就像大卫·米切尔在《幽灵代笔》写的樱花，整个春季，他观察着樱花，从“樱花树还是冬日的情状”到“樱花树萌发出蓓蕾”，然后“樱花突然就开放了，魔法般、泡沫状、宛如幻影，就在我们头顶，令空气充满如此精妙的颜色，无法用‘粉红’或‘纯白’这样的词来形容。在一个甚至连正式的街名都没有的后街小巷里，这种严酷的树如何创造出如此非尘世的东西？一种一年一度的奇迹，超出了我的理解力”。

樱花开在适宜开花的地方，杏花却开在不适宜植物生长的地方。这细碎、脆弱、飘忽的花，是开在戈壁绿洲里，开在漫长的冬天之后。戈壁和它互相映衬，冬天和它互相映衬。戈壁的冬天，会冷到、荒凉到让你怀疑春天是个幻觉，是个不可能实现的传说。但就在怀疑最强烈的时候，春天来了，杏花打头阵，杏花开了，春天就确凿无疑了。

所以，在整个西北，杏花近乎一种不能觉察的、与春天有关的信仰。

与敦煌类似的是库车，库车也是遍野杏花，并且把杏花当作一个鲜明的标志，反复强调，反复述说。一本讲述库车风物的书，就叫《杏花龟兹》，里面收录了韩子勇先生和沈苇先生写杏花的文章。在沈苇的文章里，他告诉我们，库车种植杏树，已经有一两千年历史，在古代，“在奢靡的社会风气中，杏花成为享乐主义最灿烂的符号”。在佛教的典籍里，十种供养中香和花居于首位，洞窟的壁画上也总有繁花怒放，“龟兹拥有了两种不同的花：洞窟之花和旷野之花”，旷野上的花，就是春天的杏花。目前，库车有两百多万棵杏树，人均九棵。沈苇先生把杏树称为“龟兹之灯”。

敦煌的杏花，也该如此。也该大肆宣讲，反复赞美，也该担起连缀四季的责任。敦煌的杏花，是敦煌的神迹，是敦煌之灯，敦煌之星。

我去过春天的敦煌，看过遍野的杏花。成片的杏树在旷野上开花，就是云蒸霞蔚，一棵两棵开在荒山上，就像守望者。黄昏，走在街道上，头上有花枝弹跳，整条街都随着这弹跳的花枝轻轻浮动，路面于是不那么坚硬，屋宇像幻影。我常常产生把每朵花、每条花枝都收入镜头的狂想。入夜，不拉窗帘，杏花的花枝自会把影子投进窗内，轻轻晃动。花枝间有圆月。

一瞬极乐，我唯有无言感谢。

说法图　莫高窟248窟　北魏　木刻版画

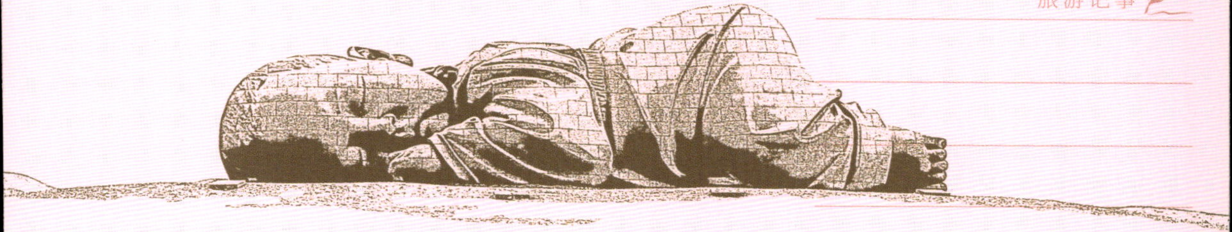

Gouhuo Pang De Dadi Zhizi He Wujie

# 篝火旁的《大地之子》和《无界》

世事奇妙。

2019年冬天，在敦煌研究院工作的朋友丁木发了一个短视频到群里，视频里是三危山上的南天门，角度奇特，配乐沉郁，声画联动下，南天门似乎成了通向一个异世界的门。我顺着这个视频，找到了它的出处，抖音上的“时差岛”，又看到了另一个更让我震撼的视频，荒野中一座白色的城楼，配文是：甘肃瓜州，无界。干涸大地，白楼如谜。

我转发了这个视频到朋友圈，没多久，微信有了提示，一位老师来跟我打招呼，说，“时差岛”是她创办的公司，这个视频是他们公司拍摄的。

这位就是陈桢老师，她之前在《旅行家》杂志社工作，而我是她的作者，给这本杂志写了很久专栏，关于西北生活的点点滴滴。后来，她离开《旅行家》，在2016年创办了“时差岛”。这家公司主要做旅行文化，但他们的做法与众不同，他们也拍短视频，也做直播，却是慢直播。

他们用镜头对准“一朵云，一片海，一座雪山，一列火车，一座灯塔，一条暗夜的路”“从最西的帕米尔高原，到最东的东极岛，从最北的大兴安岭，到最南的南海，从最西北最荒芜的南天门，到世界最高峰珠穆朗玛峰”，拍一段视频，或者直播二十四小时。说来简单，但看了他们的视频就知道，那些地点，那些角度、节奏，那种似在似不在的呼吸感，乃至后期的配乐，那些减法或者加法，都是要很懂得美的人，才能做得出来的。

2019年，他们做了一场名为“百年孤独第一季”的直播，在中

国边疆找了七个地点，进行24小时慢直播，他们选取的地点之一就是敦煌的南天门。在拍完南天门去往瓜州的路上，他们遇见了瓜州县红山坡戈壁荒野里的《无界》和《大地之子》，立刻动手拍摄。拍《无界》的那条视频，是他们创办抖音号以来播放量最高的，他们也不知道其中的缘由。

《无界》和《大地之子》是清华大学美术学院雕塑系教授董书兵的作品。《大地之子》是2016年7月到11月创作的，用红砂岩为主要材质，用电脑建立模型数据，分块雕刻，然后安装起来。安装作品的那段时间，他和合作伙伴吃住在荒野中，为了不破坏环境，他们修了一条120米的砂石道路用来运送材料。

两年后的2018年，他又开始创作《无界》。这件作品的原型，来自莫高、榆林两窟的唐代经变画，在那些画作里，极乐世界，楼宇林立，是所谓天上宫阙。他用6300根白色钢管，依照那些经变画中的楼宇形态搭建出四个楼阙和一个主殿，总长度60米，高21米，宽40米。这些楼宇只有线条，没有实体，在各种光线之下亦真亦幻，像是吹一口气就能吹倒，抽掉一根线条就能让它坍塌，又脆弱又迷离。

两件作品都做了很久，搭建作品的时候，他们就住在附近的临时住所里，但他们离开的时候，又把所有的活动痕迹都抹去了，只留下那两件作品。我在两件作品附近的荒野里漫无目的游走的时候，只看到一两堆小小的篝火遗迹，此外什么都没有，就连那一两堆篝火，也不知道是不是他们留下的。

但我宁愿那是他们留下的，我想象着，一群黝黑的男人，在星空下围着篝火，喝酒，唱歌，偶然丢一两枝柴火到火堆里，听着柴枝轻微的爆裂声，直到深夜才慢慢地向着远处的小房子走过去，而那些荫庇过他们的小房子，不久之后也会被拆掉，一如它们出现时那样突然。

不知道在他们做作品的那些日子里，从附近经过的车辆，有没有看到过他们点燃的篝火。小小一簇，在墨蓝的夜晚和无边的荒野里，闪亮，跳动。知道的人，或许会说一句，那是北京的教授在做东西，不知道的人或许会嘀咕一声，是什么人在那样的荒野里。然后又把目光投向前方，车灯所及的那一片亮光里。

而不论“时差岛”还是董书兵、丁木，还有徐晋林老师、叶舟老师，都给我一种感觉，似乎敦煌还没建设完成，一千年前开凿的

那些洞窟都只是些引子，或者点起的一堆篝火，此后的一千年，仍有无数人，从五湖四海跨越山海而来，捧着那点亮光，来给“敦煌”添砖加瓦，就像给篝火里丢一两根柴枝。可能是加上一段传说，画上一幅画，排一支舞，或者搭建一个数字供养的平台，也可能就是单纯惦念着敦煌长大。篝火烧了一千年，看来还会继续烧下去。

“时差岛”后来又有了一个作品，打破了《无界》给他们带来的播放记录，那就是2020年11月25日上线的短片《丁真的世界》，在丁真微笑的视频引爆互联网仅仅三天之后，他们拿出了这个短片，创意、拍摄和后期，就在这三天里完成。一个月后，《丁真的世界》纸质书上市。做了多年慢直播的“时差岛”，在需要快的时候，又快到惊人。

这都是一堆堆篝火，烧在时间的荒野里，让行走的人，在目之所及处有所依附。你我的一点点心念，也都是跳跃不定的火苗。

千手千眼观音变　莫高窟第3窟　元代　木刻版画

Hua De Liliang

# 花的力量

那个下午，去锁阳城的路上，在经过戈壁、草滩、红柳滩之后，车两边的旷野里，开始出现碧绿的农田，在那碧绿的、方正的农田已经让眼睛习惯之后，碧绿之中开始出现一大片一大片金黄。

六月的下半月，直到八月，都是向日葵的季节，向日葵在这段时间里陆续开放。六月初，向日葵长出花头，月中，有了花苞的样子，不过向日葵的花苞多少有点狰狞，像个绿色的刺头，梵·高对向日葵那种狞厉的印象，大概就是在这个阶段树立起来的吧。

六月的下半月，向日葵陆续开花，夏天来得早一点，花苞期间水分充足一点，花就开得早，夏天来得稍微晚一点，水分少一点，花就开得晚一点。就这样断断续续，一直到八月。八月之后，收获过的田野里，也往往有一两棵开花比较晚、花盘比较小的向日葵，因为错过了收获季，照旧挺立在那里，挺立在凄清的旷野中，像个迷路的人，一直到霜降。

我们停在路边，跃过一条长满青草的水渠，到了向日葵花田边。向日葵比人高，走进向日葵花地，人就被花朵淹没了，甚至感觉不到自己的存在，就看着面前一排排向日葵，花瓣像火苗，叶子像某种会嚓嚓响的植物的兵器，在面前排列开来。从向日葵花和叶片中穿行，似乎被它伤着了，似乎又没有。

或许是阳光太强，向日葵并没有迎着太阳，而是一律背着太阳，蜜蜂在花盘上忙碌着，许许多多的蜜蜂、苍蝇和其他的昆虫鸣叫，嗡嗡地汇成一片，向日葵的油香扑面而来。从一块花田里走出来，走到高处，向远处望，都是这种黄绿的色点，一直铺展到天边。它似乎不是花，是太阳的拟态，一两朵向日葵，就能从一片碧绿中跳脱出来，格外耀眼，一片向日葵，就是一片灼灼的小太阳海，不能用植物学的眼光去看，要用天文学的眼光去看。

这种天文现象般的葵花地，我看到过很多次。有一年夏末，在新疆的某个兵团，在青草和野花密布的山坡间走了二十分钟之后，在前面带路的本地青年艾里甫突然停下脚步，掉过头来，用一种神

秘的、意味深长的语气说："准备好。"随后他突然加快步子，他肥大军裤和格子衬衣下精瘦的身体，似乎绷得紧紧的。

走到坡顶，我们知道他要我们准备的是什么了：眼前是几千几万亩向日葵，正是葵花怒放的时候，金灿灿的葵花，铺满整个山谷，又蔓延出去，延伸到无穷远，直到与天地相接，葵花的后面，是澄蓝的、没有一丝杂质的天。我们眼前，只剩两种颜色：金黄、碧蓝。我们确实准备不足，我们在猝不及防间，被这两种颜色冲击到魂魄齐飞。

再次回到那个长满乱草的山坡的时候，我们还没回过神来，这个山坡，似乎像是桃花源与现世交接处的山洞，或者通往纳尼亚的衣橱。

生活在西北，常常遇到这种大片植物汇聚成的色彩奇观，碧绿的小麦、粉色的荞麦花、蓝紫色的薰衣草、缤纷的八瓣梅、白色的棉花、紫色和白色的苜蓿花，以及水红的杏花、金色的金莲花、殷红的天山红花，所有的植物和花朵，总是大片大片地、汪洋恣意地生长着，甚至在别处多半不起眼的白色紫色的土豆花，在这里也以铺展到天边的方式展示它的力量。

西北人种植物、种花，似乎不是给凡人看的，西北人似乎总在参照"神的视角"，那花的田，花的海，仿佛都是为某个俯瞰的眼睛而设，仿佛有双眼睛在专注地凝望，也仿佛有个声音在一遍解说：

这是我们依照你的暗示，用双手创造的，“神视角”是种植时的驱动力、出发点，也是潜藏着的观看要素。

而且，越是人工种植的植物，越能加重这种奇观的效果，因为，它貌似是为了方便管理和收割，却昭示着种植者实用主义里隐藏的浪漫情怀，是宁可付出额外之功也要满足眼之愉悦，是让笨重的劳作经过叠加后变得壮观和轻盈，那个观看的角度，都分明是“神的视角”——人们愿意想象，在天空之上，有一双俯瞰的眼睛，会为这一大片一大片金黄、碧绿、蓝紫感到欣悦。

现代人终于有了机会，可以借助“神的视角”去观看，在现实中或者电影里，当电影镜头里出现那一大片一大片金黄、碧绿、蓝紫的时候，当某些系列剧集总是要用空中俯瞰的景象作为开篇的时候，再惨烈的故事也有了慈悲。

即便我们常要从世俗功用的角度给出解释，比如新疆伊犁特克斯城的八卦布局——人们认为，这样布局是为了防止交通堵塞，但更隐秘的心理，或许也是为了向上呈示吧，向那双俯瞰的眼睛，那个神秘的创造者。

西北的花田，总是捆绑着这种视角，以盛大无边的姿态出现，似乎是愉悦天神，捎带愉悦众生，众生因此与神同乐，但谁都知道，这是自己在尘世所能获得的极乐。这遍布四季的极乐，一瞬又一瞬的荡漾、飞升，都是花的力量。

安西锁阳城　木刻版画

Juexing Zhicheng

# 觉醒之城

告别锁阳城之后，直到现在，我想到锁阳城，想起的都是一幅我没有看到的画面：黄昏时分，男人行走在茫茫的旷野里，踩着地上浅浅的草，不时被骆驼刺的枝条勾到，遇到横纵的水渠，他得用点力气才能跨过去。他的目的地是远处的锁阳城，锁阳城的城墙，即将和蓝黑色的大地融为一体，只有瞭望墩还映着一点晚霞的余晖，但很快，瞭望墩也会暗淡下来，和城墙、大地融汇。月亮已经渗出天空，风变凉了，他得加快步伐才行。他的家在锁阳城，只有进了城，才能看到灯火。

一座已经消失的城，在长达一千多年的时间里，曾经是荒莽大地上，很多人回去的地方，是很多人的家，很多灯火汇集的地方。

瓜州在甘肃西端，我们通过古诗文知道的很多西部城市，就在瓜州周围一百多公里范围里，玉门在瓜州以东，相距135公里，敦煌在瓜州以西，相距187公里，西北方向不到两百公里，就是新疆哈密辖区。锁阳城就在瓜州县城东南方向62公里的戈壁里。

因为身处这样的咽喉地带，锁阳曾是丝路重镇，它的历史沿革史书里都有记载，现在概括起来似乎很简单，却几乎是一部边疆政治变迁史。“锁阳城始建于西晋元康五年（295年），为晋昌郡治所。唐武德四年（621年），设置瓜州，锁阳城为瓜州郡治所。唐大历十一年（776年），吐蕃占领锁阳城。大中三年（849年），敦煌世族张议潮归义军政权驱逐吐蕃，锁阳城复归于唐。”（李宏伟主编，《瓜州锁阳城遗址》）

很多传奇故事到了唐朝就结束了，像民间故事的惯常结局：“他们生活得和和美美，第二年生了个大胖小子。”但唐朝其实是又一些故事的开始，毕竟时间还在继续，故事完不了，不能完结的故事里，就还有生死明灭。

1036年，宋仁宗时代，锁阳城被西夏军队占领，在西夏时代，这里依然叫瓜州，此后，西夏国王李仁孝驻守在这里，瓜州城佛事活动兴旺。两百年后，元灭西夏，瓜州仍然叫瓜州，依然是边塞重地。一直到明代，锁阳城被更名为苦峪城，明末城废。

我们到达锁阳城时，已经是下午四点。因为疫情原因，没有多少游客，除了徐晋林老师、小乐和我，就只有来自南方的母子俩。

电瓶车隔段时间才发一趟，我们就在接待中心的大厅里，看锁阳城的短纪录片。墙上的政务公开栏里，有锁阳城警务室民警的照片，从几位男士的长相看，他们都是典型的西北人。在那样一个特别的地方，对那几张脸庞盯得久了，会产生一种很自然的联想，似乎一千多年以来，守在这里的那些士兵，也该有这样的脸庞，他们只不过换了身衣裳，继续守在这里。

阳光从窗外映进来，映在椅子上，那一瞬间，那间大厅像一个候车室。也对，一间时光列车的候车室。

乘上电瓶车，走上一条砂石路，路两边尽是两米高的芦苇和红柳，正是红柳的花季，红柳的花开得正盛，看上去像一团团红雾，想要拍下来，但电瓶车不给停留。而且，沙漠里这些细碎的花，只要拍下来立刻失了魂魄，是干的、燥烈的、呆板的。而在沙漠里，它们却像一团腾跃的红色精魂。

电瓶车把我们运到内城遗址下，沿着木制的回廊，一直走到内城的顶端，在那里，可以看到内城的轮廓。白土筑成的厚实的墙，已经被风沙剥蚀，看不出来人工的痕迹了，城墙下也拥堆起了沙坡，

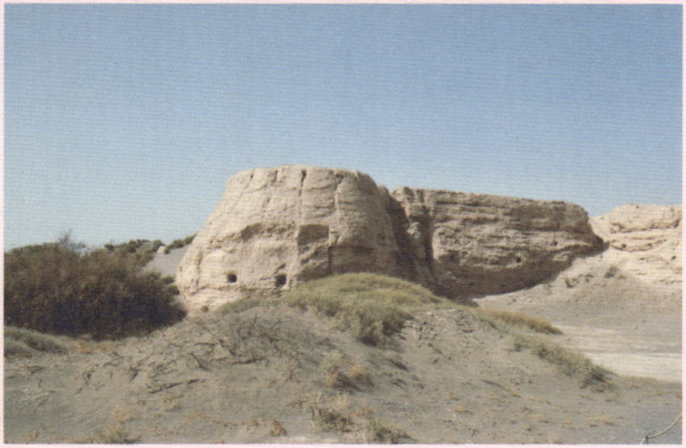

有的沙坡快和城墙顶端一样平齐了。在沙漠里，但凡有个阻拦物，不管是一簇枯草，一块岩石，都会让沙土滞留，渐渐形成沙丘。可以想见，如果时间足够长，这些城墙也迟早会被沙丘掩埋，变成一座沙丘的核心。

“这边是驻军和政府办公的地方……沙丘下面原来是民居……这块突出的地方叫马面，用来支撑城墙，也可以加强防御……远处的城墙是外城残留下来的……城外有很多灌溉渠，原来这里都是田地。”导游用话语为我们勾勒景象，似乎那些城墙、房屋和河渠，都随着她的指示和解说一一复活，而当她的话语消退，那些房屋就又变成了幻影。

再次乘上电瓶车，向着城西而去，路两边没有芦苇和红柳了，只有骆驼刺和蒿草，点缀在一些屋基的遗迹上。中间又有一段，路两边白色的土包连绵不绝，应该是洪水过后留下的淤泥干涸之后形成的。

电瓶车的终点是塔尔寺。这座寺院在唐以前就已经存在，经历多个朝代，不断扩建和修缮，到西夏时基本定形，整个建筑群占地15292.5平方米，相当于两个足球场。玄奘法师到印度取经的时候路过瓜州，曾经在这座寺院里讲经。唐宋时期，这里的佛事活动非常繁盛，《重修肃州新志·柳沟卫》曾有记载：“唐朝断碑，在寺基内，字画不甚剥落。一面逼真唐体，虽未为唐人之极佳者，而断非唐后之书，因首尾残缺，仅存中段，文义不能连贯，而总系大中时复河、湟，张义潮归唐授爵，大兴屯垦、水利疏通，荷锸如云，万亿京坻，称功颂德等语。其一面，字体流入五代宋初，文义与前略相仿，似颂曹义金之语。”

这些只能靠想象了。现在能看到的，是一座残存的大塔和十一座残存的小塔，以及几间早已坍塌的僧房，塔表面的白灰早都剥落了，可以看见构成塔身的土坯砖。僧房有的只剩屋基，有的已经被暴雨冲垮，成了一个带着门洞的土包，和这座城里所有的房屋一样。不过，尽管以土木为主的建筑不能保留很久，被风雨、洪水和许多次的盗掘毁了，但留下的遗迹足以供我们在头脑中生成全息影像，完整而清晰地呈示出这座城市的格局、军事防御体系、佛寺格局、墓葬群落，以及遗迹附近的灌溉河渠系统和农田样貌。

越是完整，越是壮烈，也越是惨烈。所有完不了的故事，都得接受这种壮烈和惨烈，都得在时间线上继续接受改写、覆盖、剥落、摧毁、消失和再生，以及新一轮的鸿蒙、萌芽、崛起、繁盛、扰袭、明灭。

希腊神话里的女神西比尔，向阿波罗要到了永恒的青春，从此无法死亡，当孩子们看到她的时候，问她要什么，她说“要死亡”。而时间是无法死亡的，一旦生成就无法重回混沌，无法回到无始无终里去，就得忍受这样的壮烈和惨烈。

时间线上的人，不管在什么节点上出生，一旦接入了这个系统，一旦觉醒，高悬在幽暗中的历史都会一瞬间倾覆，往事瞬间满格，从此成为这个不断轮回的时间空间里的壮烈幽灵，是所谓老灵魂。

而锁阳城，大概是许多老灵魂的觉醒地。敦煌、瓜州、玉门、喀什、库车、和田、于阗，这些觉醒地拉出的连线，密密编织，最终成为一张觉醒的网。堕入其中，就是一生，一生无限短，一生无限长。从此无限青春，不止无休。

说法图（局部） 莫高窟第57窟 初唐 木刻版画

Zai Dunhuang Xiaoshi Zhiqian

# 在敦煌消失之前

去敦煌之前，徐晋林老师对我们说：“这次有可能见到樊锦诗院长，见她一次很不容易，我上一次见她都是十年前了。”随后又着重提示：“只是可能。”也许是怕我们失望，又补上一句：“不过我有情报，她已经从上海回来了，前天刚到，现在就在敦煌。”

所以，从兰州出发的时候，徐老师带了他做的手工书，准备送给樊院长，还有他特意为樊院长刻的藏书票的模板，想着让樊院长在模板上签个名。我们就拎着这些礼物去了敦煌。

到了敦煌，去过月牙泉小镇，看过雷音寺之后，徐老师说，已经联系好了，第二天就可以见到樊院长。

早晨，在附近花店买了一束花，我们就出发了。

在敦煌研究院门口，游客接待部的李萍部长在那里等着我们。我们跟着她穿过莫高窟数字展示中心的大厅，穿过职工餐厅到了餐厅后院，那里有个小小的天井，做了玻璃屋顶，地上铺着鹅卵石，摆着几盆半人高的霸王鞭，鹅卵石里种着几个直径有一尺的仙人球，一派热带沙漠景象。

旁边一间小小的餐厅，窗明几净，樊院长就坐在桌前，头发花白，穿着一件薄薄的花毛衣。

在《我心归处是敦煌》里，樊院长说："敦煌是我的宿命""我

我心归处是敦煌
樊锦诗之书

和敦煌的关系开始于年少时的一种美丽的幻想”。她是在中学课本上读到了写莫高窟的文章，从此就开始留意和敦煌有关的信息。1962年，她在北大历史系考古专业读书，即将毕业，当时的敦煌研究所所长常书鸿，希望北大能派一些考古专业的学生来莫高窟参与考古发掘工作，她被选中，来到敦煌。实习还没结束，她因为水土不服，提前离开了敦煌。但毕业后，她被分配到了敦煌。从此，她就成了“敦煌人”。

所谓“敦煌人”，既是指所有生活在敦煌的人，更是指那些来自五湖四海，最终把大半生交给敦煌的“老灵魂”。人的选择，一向不是太少了，而是太多了，每一条命运小径上，都有无数分岔口，通往无数种可能。而这些“敦煌人”，最终选择了敦煌作为唯一的可

能，既是工作的可能，也是生活的可能，也是灵魂的可能。就像《心灵奇旅》里的魂魄，找到属于自己的“spark”，才能拥有自己的驱动力，才能有所依附，也才能轮回成人。

《我心归处是敦煌》写到1963年樊锦诗去敦煌工作之后，就很少提到她的个人生活了，她的生活从此全都是敦煌。洞窟的发掘、保护、研究，以及从2003年开始的莫高窟数字展示中心的筹备和建设、提案、立项、开工，建设游客中心，做球幕电影。那20分钟的球幕电影，是世界上第一个采用了8K分辨率的球幕电影，近百人的专业制作团队用了四年才完成。

那天中午，在敦煌研究院的餐厅里，她也完全没有提到自己的事，两个小时时间里，她说的都是莫高窟。初到敦煌时的感受，如何度过艰难岁月，说得最多的还是数字展示中心。之所以要建数字展示中心，是“未雨绸缪”，“从试试看开始，它（莫高窟）若坏了，它（数字展示中心）还在”。终于建成，开馆当天，她站在门口对众人说：“这个馆不容易，我们把脚上的土蹭一蹭再进。”

李萍部长坐在她旁边，不时补充几句。李部长是敦煌本地人，1980年，她高考落榜，第二年，正在复读时，她看到敦煌研究所的招干广告，就去报名参加考试。研究所打算招三十个人，最终通过考试的只有二十二个。她通过了考试，非常高兴，到现在也还保留着成绩单。这二十二个人多数都参加过高考，都是只差几分的，用甘肃话来说，这是很“扎实”（有底子）的一批人。

几个月的培训之后，她去了接待部，开始和樊院长共事，“见樊院长时她四十岁，现在我也四十多了。第一次见她的时候，她穿翻毛皮鞋，一件立领的衣服”。她给我们看一张她和樊院长的合影，是1988年10月拍的，“大致就是这个样子”。

两年后，她被送去北京第二外国语学院学日语，1987年又去神户大学进修，学习佛教美术史。再回敦煌，还是在接待部工作，招聘专职兼职的讲解员，揣摩更合理的接待讲解方式。敦煌的接待、讲解系统，是在她手里逐渐成形的。

因为连续获得各种荣誉，出席各种场合，其间她也遇到过从政的机会，而且起点非常高，她去征求樊院长的意见，樊院长说“那有什么意思？哪有莫高窟有意思？”说到这里，李部长看了樊院长一眼，貌似嗔怪地说：“她不让去。”“你就没去？”“她对我挺好的，听她的。”其实，樊院长的意见也只是加固她已有想法的最后一道堤坝吧，她早有自己的选择的。

樊院长接过话来，用了一种在倔强的老人身上常见的语气和姿态说：“是啊，那有什么意思。”李部长说，樊院长一生硬净，对权贵也一向不卑不亢，“她这几年很少见人，商业活动除非是对莫高窟有好处的，一律不参加，她特别喜欢见搞创作的，对搞创作的高看一眼。作家送给她的书，她都会看，现在眼睛不好了，也还是会看，还会做笔记。”

说起樊院长现在的生活，李部长说，所里派了秘书照顾她的饮食起居。对彭金章老师，李萍老师没有多说，只说每次去樊院长的家，她都会提醒："彭老师的照片在沙发上，关门要轻轻地，彭老师怕吵。"

午饭就是在那里吃的。我对饮食不上心，很少拍餐食，但那天那餐饭，我却用手机拍下来了。绿色的托盘，六只小碗，一碗白米饭，一份卤肉片和青豆，一份西芹虾仁，一份家常豆腐，几块羊排和西蓝花，另有一块煮红薯和煮胡萝卜加点心，一份圣女果和黄瓜片，算是饭后点心。所有的餐具上都印着"敦煌研究院"，别的都可以不晒，这个要晒。

聊了两个小时，徐晋林老师也说了自己的工作、《读者》的现状，以及他自己工作室的进展，尤其是和敦煌的几次合作，并且把自己做的藏书票送给了樊院长。樊院长送给我们的是《我心归处是敦煌》，在见我们之前，她就仔细问过，我们这一行是几个人，她就准备了几本书，一个人都没落下。然后，问了我们的名字怎么写，认认真真在书上签了名。

我们在门口告别。李部长和樊院长送我们出来，然后转身离去，李部长捧着花，樊院长在她身边慢慢走着，长廊外的阳光和树影在她们身上依次掠过，两个人慢慢消失在大厅的尽头。

在那听着他们讲话的当时，我是懵的，但回来之后，渐渐明白了他们做的到底是一件什么样的事。他们知道莫高窟最终会消失，每个人都在日复一日地挖掘、保护、修复中，越来越确定这件事。仅仅是发现藏经洞之后的一百二十年时间，莫高窟都已经在以肉眼可见的速度发生变化，放到更长的时间段里，莫高窟最终是会消失的吧。他们做的，就是在敦煌消失之前，挽留敦煌，把它转换各种介质存放起来，直到未来。

他们是为一件注定会消失的事物，献出一生。

有什么是不会消失的吗？似乎也没有。能找到这样一件注定消失却如此瑰丽的事物献上一生，并由此拒绝、舍弃了所有命运的分岔、所有的杂芜的可能性、所有的幻象，就像是在海底捞定海神针，能捞到这根针，定住海，定住灵魂，反复熔炼，不能不说，是一种极大的幸运。这种极大的幸运，只有极少人能够得到。

能捞到这根针的人，其实也是人世间的定海神针。他们不是作为制度存在的，不是硬性的人生铁律，他们只是在某些临界点突然出现，做出一种要把某个四分五裂的世界团在一起的努力，这个努力非常轻，但四两拨千斤。

去敦煌，去莫高窟，去看这些“敦煌人”，哪里是为什么知识的留存、美的滋养？莫高窟是无用的，归根到底，人们为的就是找这根神针，知道它似在非在，知道有人在为自己做主，也知道有人终究为自己做了主。

樊锦诗院长起初去敦煌，也是为了找到这个力量吧。只不过，找定海神针的人，最后成了定海神针。

在《我心归处是敦煌》里，她说：“经过了与莫高窟朝朝暮暮的相处，我已经感觉自己是长在敦煌这棵大树上的枝条。离开敦煌，就好像自己在精神上被连根砍断，就好像要和大地分离。我离不开敦煌，敦煌也需要我。最终我还是选择留在敦煌，顺从人生的必然以及内心的意愿。此生命定，我就是个莫高窟的守护人。”

“有人问我，人生的幸福在哪里？我觉得就在人的本性要求他所做的事情里。一个人找到了自己活着的理由，有意义地活着的理由，以及促成他所有爱好行为来源的那个根本性的力量。……所有的一切必然离去，而真正的幸福，就是在自己的心灵的召唤下，成为真正意义上的那个自我。”

还有，在聊天时，她反复说的一句话。她换了各种语气说这句话，感慨的，忧心忡忡的，意味深长的：

“时间快得很。”

她还说：“年年岁岁花相似。”

三危揽胜　木刻版画

Bei Dunhuang Jingxing Jiu Bukeneng Chongxin Anshui

# 被敦煌惊醒，就不可能重新安睡

对不同的人，敦煌有不同的面相。

我看到的敦煌，曾经是那个“最大公约数敦煌”，石窟、佛国、绿洲，至多再加一层私人的情感因素：它的戈壁、白杨、杏花、燥烈而甘甜的空气，都仿似我的出生地于阗，它是我那个回不去的故乡的替代品。我沉迷在这个“我的敦煌”里许久之后，才发现，每个人都有自己的敦煌，并且因此领受敦煌不同的面相。

这都是我后来知道的，在另外一些人那里，敦煌是徒步圣地，是越野天堂。在敦煌，在整个河西，常常有大规模的徒步活动，少则几百人，多则几千人。也常常有大规模的自行车、摩托车、汽车越野竞赛。人们找了各种由头聚在这里，只为在烈日下的戈壁中行走几天。我的朋友姜立涵曾经就读于一所知名商学院，这间商学院每年都要到敦煌徒步，是联谊，也是课程。姜立涵后来写了一部《妈妈的复出》，讲述一位女性在沉寂以后的重新崛起，在那部小说里，她把自己在敦煌的徒步经历写了进去。

为什么选择行走？也许因为，人类将人种散播到蓝色星球的各个角落，是凭借行走；在大地上寻找友或者敌，融汇或者贯通，是凭借行走；在监牢囚禁的生涯中不致绝望或癫狂，得在斗室里转圈行走；甚至，在更大的监牢中驱赶虚无，也得凭借行走。行走，是生之必须，可以有目的，也可以没目的。

行走因此有了一种朴素的、开放性的面貌，没有叙事上的高潮，不一定要以一个颁奖大会为终点，只是走，聚在一起走，散到各处

走，热热闹闹地走，冷冷清清地走。不管怎样走，行走都得自己完成。

帮我打开这扇门，看到敦煌另一面的，是2014年10月的“敦煌大漠音乐节”。因为几位朋友参加演出，我知道了这个音乐节，并且去敦煌和他们会合和看演出。等到了音乐节的现场，我却发现，这个音乐节，多半是一个摩托车和汽车的越野大赛的衍生品，它的全称也是“首届中国公路音乐盛典·敦煌大漠音乐节”。

音乐节的场地就在敦煌影视城旁边，距离敦煌市十六公里。在演出开始前，是“摩托吧”十四周年聚会，以及越野、房车、自驾游、极限运动的展示，另外一些文艺活动也和公路和行走有关，户外论坛，户外电影放映，总之，都和路有关。

我在那里，一边看他们在临时赛道上驰骋，在沙丘上盘旋，一边对他们进行现场田野调查，问他们来自哪里，做什么工作，我问得很随意，他们也并不觉得奇突，随意作答。他们多半来自西部，甘肃、青海、新疆、内蒙古、西藏，也有一些是从沿海城市一路开车过来，也有人是刚刚结束了在几个中亚国家的自驾，赶回来参加活动的。

他们的所在地也好，线路也好，依然和古丝绸之路有关，只不过骆驼换成了摩托车和越野车。就是说，那个地理上的版图，其实也是心理上的版图。这个版图上的人，只要开始行走，就被某个隐蔽的导航系统导到这条长路上来。只有走上这条路，人才安心，才有无尽之感，也才有归途之感。

音乐节的现场，都是魔法现场，是会变出人来的。下午场观众不多，但晚场开始的时候，观众却神秘地从四面八方涌现出来，附近的沙漠里，影视城里，远处的公路上，都有人成群结队地走过来，摩托车和越野车、房车，也慢慢开到场地边缘。月亮从虚弱的一团飞白，变成洁白的实体，舞台上的灯光全亮了，附近帐篷里的灯火也瞬间亮起来，孩子在空地上追逐。

都是我熟悉的乐队，痛仰、杭盖、低苦艾、车撵坡、拾跌果、者来女，但那天在戈壁里听起来，似乎又不一样。舞台后就是无边的戈壁，这让舞台看起来像个小小的布景，人间生活的布景，除此之外就是宇宙洪荒。但如果不看那么远，只看舞台周围，所有人都沉浸在音乐里，帐篷和房车里灯火通明，这还是一个安稳的世界。

也有人站在离舞台很远的地方。有人站在车顶挥动红旗，有人在车顶弹吉他。骑着摩托车来的那些人，把摩托车停成整齐的几排，有几个人始终跨坐在摩托车上，握着啤酒，时不时喝一口，台上一曲唱罢，他们就打亮摩托车灯，弄响发动机，算作喝彩。在场地边缘待命的消防车上有几个沉默的消防兵，一直坐在车里，直到某支台湾乐队唱齐秦的歌时，他们才从车里出来，上了车顶听了一会儿。或许，他们平时是不听当下的摇滚乐的。在他们听歌的时候，天还没有彻底黑下来，他们身后是蓝、红、黄、黑相间的天空，他们是天空下几个小小的剪影。

有一位四川的乐手，站在离舞台很远的戈壁上听演出，一动不动，保持那个姿态，或许有三个小时。我发了他背影的照片到微博上，有人回复，周老师是在站桩，不是在听歌。我也在微博上发了演出结束后的照片，几个年轻人留在几把阳伞和椅子组成的咖啡馆摊位里弹着吉他唱歌，远处是演出结束后，灯光逐渐暗淡的舞台，随后也有人回复：我就是第四张上不愿离开的年轻人。投奔敦煌的人，都是沧海客，所有人天然有点联系，不认识也认识。

演出结束后，很多人是结伴走回去的。回城的十六公里公路上，一直可以看见行走的年轻人，打着手电，戴着头灯，或者晃动着手机，发出一点点的亮光。走远看，像是过年时候，送火把或者送灯的队伍。很显然，他们来的时候，多半就是走来的，也做好了要走回去的打算，演出结束，拔腿就走，明天继续走来。我已经很久没有见过对“走”，对漫长的“走”毫不迟疑的人了。

也是在敦煌音乐节上认识了一个小伙子，湖北人，从新疆返乡，路过敦煌，索性停下来看音乐节。

问他为什么会去新疆，随后收获了一个小传奇。他家在湖北小城，学校毕业后留到当地，在一家自行车行做技师，静静地生活了两年。二十五岁前，没坐过火车，只出过一次省，是湖北旁边的江西，目的地是井冈山。

本来可以继续这样“生”，却遇到了“活”。一个兰州姑娘要去神农架，在8264论坛上发帖，问有没有湖北的，他举手，跟他工作

的自行车行请假三天，结伴同行。路上，她怂恿他辞职，跟她走下去，他当即辞职。神农架回来，心野了，正好从前的朋友去了新疆，在伊犁生活了一年，唤他过去，他当即去了新疆。

到伊犁后，身上只剩了三百块钱。住青旅，给青旅当义工，同时打各种短工，摘枣子晒枣子，摘棉花，割薰衣草，非常苦，还会被当地工人排挤，所幸他找到新活路，在朋友圈售卖大枣和薰衣草等等新疆特产，从此就在伊犁长住了。

他说，许多人以为他想要走遍中国，实际上，他喜欢的地方不多，他的计划非常简单，春天去新疆伊犁，在那里度过整个春天夏天，看野花，骑马，爬山，露营，打篮球，秋天回趟家，冬天窝在云南，然后回家过年。其他地方，他都没有去过，甚至一度以为广州大于广东。

每逢春天，他晒出一张去新疆的火车票，一两天后就到伊犁了。整个春天和夏天，他的朋友圈都是野花，起初他只发照片，后来他觉得，以照片的像素和视角，对那些野花是亵渎，他索性只拍视频。

天山红花（野罂粟）、野杏花、金莲花、火绒草、油菜花。大片大片，铺满山野，人在野花丛中，躺着，坐着，狂奔，跳，不然还能做什么呢？

后来，他定居大理，在那里安家，结婚，生孩子。但我想，他随时可能会走到别的地方去，拔腿就走。一旦被伊犁、敦煌这样的地方惊醒，就不可能重新回到安睡的生涯中去。

文青云（Aat Vervoorn）在他的《岩穴之士：中国早期隐逸传统》中，讨论了中国人的隐逸问题。他说，中国人的隐逸哲学，在经过隐士们的身体力行和不断叩问之后，最终成为一种精致而复杂的哲学。这种隐逸“主要是一种心灵状态”“最重要的理念是要使自己摆脱一切招人耳目的特征和个性塑造，默默无闻地生活在芸芸众生当中”，所以会有“大隐隐于市”和“朝中隐士”之类的概念。

只要保持足够的超脱，只要能在某一段时间，能以天地为幕，把自己的心灵投射上去，不论身在何处，不论操持什么营生，都是隐士。这些行走在丝路上的新行者，其实也是一种隐士，可以被称作“行隐”或者“游隐”。

这是敦煌最激动人心之处，对佛教徒来说，它是佛国圣地；对艺术家来说，它是艺术宝山；对游客来说，它是自拍背景；对神秘学爱好者来说，它是异世界之门。我所以为的那个“我的敦煌”，其实也是每个人的敦煌，每个人各取所需，敦煌也有求必应。

而对那些现代隐士、现代游牧人来说，敦煌更是一张心理上的游牧地图上的节点，许多人走到这里来，许多人从这里走出去，对行走毫不畏惧，对远方没有不安，似乎自己本来就是世界的孩子，没有被打上编码，没有被真正驯化，没有被文明幻象困住，古代人的血液依然在身上流淌，可以和世界发生一切可能发生的关系，可以随时消融于水，消融于长路，像水回到水，路并入路。敦煌会让他们发现这一点，也让他们看到和他们一样的人。

所以，走到敦煌来吧，走到库车（龟兹）去吧，走到世界上去吧，一旦醒来，就别再回到昏睡中去。即便回不了头，就回不了头吧，也没什么好痛惜，地球不会知道自己损失了一颗灰尘的重量。

阿弥陀经变图（局部） 莫高窟第220窟 初唐 木刻版画

Lele Dawang

# 乐乐大王



我很喜欢一种电影，讲述人和狗的故事的电影，我管这种电影叫“狗电影”。比如《导盲犬小 Q》《八千公物语》《南极物语》，但我没想到，我会在敦煌，遇到一个可以拍成电影的“狗故事”。

那天，在敦煌书院门口，敦煌研究院游客接待部的李萍部长，带我们看拴在那里的一只小狗，嘴里念叨着“好几天没见乐乐了”，然后半蹲下来，从包里掏出一些零食喂小狗。

是一只米白色的小狗，耳朵浅棕色，鼻子和眼圈黑色。它的窝在它身后，一间画着花朵的尖顶小木屋，里面垫着小花被子，屋子上写着“乐乐大王行宫”。

小狗叫乐乐，是曾经在这里工作的张师傅养的小狗，张师傅是莫高窟的老员工，在接待部值班，不能经常回家，所以接待部索性把张师傅的妻子也请来，负责打扫卫生，一家人就在莫高窟团聚了，养了只狗叫旺旺，旺旺九岁去世，乐乐是旺旺的孩子，就在莫高窟出生。

2018年元月，张师傅退休回乡下老家，也带走了乐乐，临走前，还抱着乐乐在莫高窟前照了张相。回家第二天，乐乐就不见了，两天后，它独自出现在莫高窟张师傅以前值班的地方。从张师傅家的村子到莫高窟，有二十多公里，有一段路甚至是在戈壁中。为了回到莫高窟，它独自走过这二十多公里路，爪子都磨破了。

它从此留在了莫高窟，成了莫高窟的编外员工，接待部花了四五百块钱，给它做了个窝，志愿者在狗窝外面画上了画。后来，游客中心在莫高窟外开了间咖啡馆，要给咖啡馆起名字，李萍部长正要去外地看女儿，临上飞机之前，给咖啡馆起了名字：乐乐茶咖馥园。

乐乐每天要在景区里巡视一圈，人们就给它的名字加了个后缀：乐乐大王。

乐乐“出道”是在2018年。那一年的4月4日，敦煌下了场暴雨，乐乐一早醒来照旧去巡山，九点巡山回来，浑身是泥。接待部的员工给它拍了张照，莫高窟的官方微博，就用这张照片作为配图，发了条微博：因窟区降雨夹雪，栈道积水严重，莫高窟今日上午暂停开放。窟霸乐乐大王早起巡山已回，路况可见图片。

那条微博被转了22000次，7800条回复。乐乐从此出道。莫高窟的官微，经常用乐乐的照片作为配图，报告景区天气，提醒游客规划行程：

今天（4月29日）预约窟票发售数已达6000张上限。目前窟区参观秩序良好，运行正常。乐乐大王和它的太太旺财，还有它们的鹅纸小大王，一家三口守护在莫高窟。每天早起巡几遍山，8点迎接上班的通勤车，11点出现在员工餐厅。快乐，奔跑，混吃，晒太阳。坚守就是，“在莫高窟就是正确”。

乐乐大王前方窟区播报：莫高窟今日还算晴朗，气温6℃～24℃，西北偏西风3级，洞窟干湿度适宜，保护区运转正常，工作人员已就位，准许开放。另，昼夜温差较大，建议穿大衣。“节后上班第一天，我是灰色的。”

莫高窟不只有乐乐，除了乐乐之外，还有旺财、彪彪、小大王、大象、大黄、点点，“十多只警犬，六十多只猫”。网友寄给乐乐的食物，乐乐是吃不完的，通常都由它们分享。

对这些猫狗来说，这是幸运，它们误打误撞地生活在了佛国，获得善待，对知道前因后果的人来说，这也是幸运，知道它们被善待，也是善待。

而我能够知道这个故事，想象这些画面，对我也是善待。我想象着：一只米白色的小狗，在戈壁中的公路上跑动着，身后是冬天的霜月、冬天的晚霞。它不会走错路吗？可能有道神秘的电波在给它导航。所有科学的解释，我都拒绝接受。

我很愿意想起这个画面，而它因为我的想象，一直在那条路上奔跑，那道电波也因为我的想象不停续航。

乐舞图（局部） 莫高窟第220窟 初唐 木刻版画

# 七里镇

很多时候，我去敦煌，不一定去莫高窟，只为在敦煌和附近七里镇的街道上走一走。尤其对七里镇，我从来不吝赞美，甚至不惜用上被《广告法》禁用的词语，对我来说，七里镇是世界上最美的小镇。

七里镇是青海石油管理局所在地和青海油田后勤生活基地，距离敦煌市只有七公里，它之所以能得到这样一个名字，就是因为这七公里。

二十年前，从敦煌打车到七里镇，只要三块或者五块钱，二十年后的现在，打车过去也不过二十块钱。那二十块钱的路，对我而言，就像什么谜底就要揭晓前的距离，我已经知道那个谜底是什么了，但每次还是不确定那个谜底有没有变化，有没有变成我无法接受的样子。

十几分钟后，谜底揭晓了，它还是那样，没有变。宽阔的路边，一个干净美丽的小城，很少高楼，大多数楼房都只有三五层，房子方方正正，米色或者砖红色，没有多余的修饰，楼前有高大的新疆杨。到了晚上，家家户户亮起灯光。小城背后，天空异常宽阔，大地上似乎总有些什么在蒸腾而上。它就矗立在天地之间，被这地气滋养，生机勃勃。

七里镇中心有一个广场，也像是直接铺设在天空之下，和天地相接，早晨和黄昏就与朝霞和晚霞相接，人们就在霞光里散步，少年在霞光里滑滑板。那个场景，可以用一部老电影的主题曲来命名：《沸腾的生活》。

七里镇的最西边，有一座公园，公园里种满白杨、柳树、沙枣树，一条奔腾的河穿过公园，常常有年轻人在河边的亭子里弹着吉他唱歌。公园深处，立着一个炮弹的弹壳，许多人在上面写下自己的名字。暮色渐渐来了，手指摸着那些名字的刹那，似乎特别寂静。

我总觉得，这里可以拍一部《蓝色大门》那样的电影，女主人公的母亲，就在院子外摆着一个小小的摊位，卖杏皮水。年轻的男女主人公，骑着自行车，在林荫道上呼啸而过，像万芳的歌所唱的那样："骑单车的少年，结伴呼啸追逐笑颜。"

在敦煌的那些天里，我每天都会去七里镇，不同季节，不同时间段，我怀着一种贪婪，想要在尽可能短的时间里，收集齐它所有的样貌。

它是不是世界上最美的小镇，并不重要，这不是我喜欢它的原因。我喜欢它的原因，也是我内心的谜底：它实在太像新疆的城市了。像昌吉、克拉玛依、库车、喀什、和田和我的家乡于田（于阗）。从天空、大地，从天地之间蒸腾的风、云、光、气，从它挺立在大地上的样子，到那些房屋，房屋前的白杨、蜀葵、万寿菊、大丽花，到人们的脸，说话的语气，都像新疆。去过很多次七里镇之后，我才敢于承认，并且正视这个谜底。

学者荣新江和朱丽双，写过一本《于阗与敦煌》，讲述于阗和

敦煌的关系。10世纪的敦煌和于阗，关系非常密切，有密切的商贸往来，也有姻亲关系。这种关系，有政治、军事和宗教上的原因，但还有一个原因，是学者不会作为结论讲出来的，那就是敦煌太像新疆了。敦煌的女人嫁到于阗，或者于阗的商人、僧侣来到敦煌，都不会有陌生之感，都不会觉得自己是个异乡人。

我所谓的“世界上最美”，其实只有一个标准，就是像不像新疆。我穷尽一生在找另一个和田、另一个于阗。古代敦煌、古代于阗的男人女人们，也何尝不是这样。

卡瓦菲斯有首诗，可以概括故乡和世界之间的关系，这首诗叫《城市》（西川译）：

> “你会发现没有新的土地，你会发现没有别的大海。/ 这城市将尾随着你，你游荡的街道 / 将一仍其旧，你老去，周围将是同样的邻居；/ 这些房屋也将一仍其旧，你将在其中白发丛生。/ 你将到达的永远是同一座城市，别指望还有他乡。”

故乡和世界的关系，故乡的你和走向大世界的你之间的关系，都在这首诗里了，既美妙又致郁又清晰。故乡的你和世界的你，是相互成就、相互印证的，如果借用一个时髦的概念，那就是“数字孪生”——数字孪生的本质就是在信息世界对物理世界的等价映射。故乡的你，可以看作是那个物理世界的你，走向大世界的你，可以看作是你在信息世界的映射。

你必然要在某处生长，在某处建设起自己的精神主体，初步完成“我是谁”的信念搭建，才能走向大世界。你的心理状态，你的味觉系统，你的表达，你的表情，你的感情，你选择伴侣的方式，你在华丽衣装下掩盖的一切，就是你。

故乡的你怎样，走向大世界的你就怎样，你怎样看待故乡，就怎样看待世界，你在故乡的生活，就是你在全世界的生活。不管你的自我塑造有没有完成，你所到之处，都将是同一个地方。所以，“没有新的土地，没有别的大海”，“你将到达的永远是同一座城市，别指望还有他乡。”

有了这么一个原乡，才能可进可退，才能直面大世界。就像台湾作家萧丽红在她最著名的作品《千江有水千江月》里说的：“只要不忘怀，做中国人的特异是什么，则三山、五海，何处不能去。”

你把自己的精神投影在世界的每一个角落，把它变成故乡。

我四处寻找于阗，而那些在敦煌深切生活过的人，也在到处寻找敦煌。离开故乡的我们，比故乡更像故乡。我们成为故乡的流动博物馆，故乡的全息影像。有了这样一个精神原乡，你我就可以去往任何地方，顶得住各种世事侵扰，甚至可以把自己变成新的驿站，新的故乡，从此何处都有我，何处都有光明烛照。

说法图（局部） 莫高窟第57窟 初唐 木刻版画

# 敦煌电影梦

又一次去敦煌，又一次，像是走进电影里。

早上八点，火车到达柳园，接我们的车已经停在车站外。

还有两个多小时才能到达敦煌，而这两个多小时，我们像是行走在地外星球上——车窗外的沙漠，是毫无杂质的黑色。徐小明导演、于荣光主演的电影《海市蜃楼》，有一部分外景，就是在这片沙漠里拍摄的。

1930年，摄影家唐廷轩在新疆的沙漠中行进时，天空中出现了海市蜃楼，海市蜃楼中出现了一个穿红衣的女子，这个女子有张绝美的脸，在海市蜃楼消失前，唐廷轩拍下了这个女子，并邀请自己的朋友毛德威和他一起，尽全部力量去寻找她，最终，他们遭遇了土匪，在和土匪头子打斗时，挑破匪首的面纱，却发现眼前的匪首就是那位神秘的红衣女子。

《海市蜃楼》改编自倪匡的小说《虚像》，这是倪匡的卫斯理传奇中的一部，篇幅不长，故事比较简单，是徐小明的改编让整个故事焕发出别样生机。原作的时代背景是近乎架空的，而徐小明把故事放到了20世纪30年代的新疆，加入民俗风情，浸满世事人情，更结实，更显醇厚，也更有说服力。而当时正是西影厂和天山厂的黄金时代，正是西部片盛世，这个改动符合商业潮流。

这部电影上映于1987年，在内地和香港都引起轰动，香港票房是1500万，在当年是个比较惊人的数字。在三十多后的今天看来，它的故事、立意、起承转合，依然不落伍，而且依然显得新颖、锐利、酣畅淋漓。如果用今天的影像技术进行翻新，也必然会是一部佳作。

这部电影还催生了一首歌，就是胡寅寅在1988年汉城奥运会前夜的音乐节上唱过的那首《海市蜃楼》，一词一句，都仿佛是为那部电影而作："人生的黑沙漠，要靠自己行走。"

黑沙漠渐渐消失，一撮一撮的白杨树出现在了天底下，路边渐渐有了田地、果园、人家，万寿菊和八瓣梅从矮矮的红砖墙上探出头来，皮肤棕黑的汉子在路边的瓜棚里卖西瓜。这又分明是《天脉传奇》中的场景了。

敦煌不是为电影而生，但无数电影的热心附会，使敦煌成了一座电影之城，只要到了敦煌，所到之处，影影绰绰，都有电影在背后担任解说。

不过，说起敦煌，其实意味着好几个敦煌，有实体的敦煌，也有精神上的敦煌，有现在的敦煌，也有过去的敦煌，有文化意义上的敦煌，也有交通、军事意义上的敦煌，这几个敦煌重重叠叠，成为词语上的迷宫，也造就精神上的迷宫。

实体的敦煌好理解，但实体的敦煌，其实也有好几个。一个敦煌，是现在的敦煌。这个敦煌是一座异乡人的城市，二十万人口，一半是农业人口，居住在城外，城中居民并不多，街道上看到的，酒店里遇到的，都是异乡人。对占据了这座城市的异乡人来说，这是一个异域。

过去的敦煌，也留下了实体，不过，实体的“敦煌古城”，有真有假。真的那座，根据西北师大敦煌所李并成研究员考证推测，可能是西汉将领赵破奴向西进军时，于汉元鼎六年（前11年），调集张掖、酒泉郡人力修筑的，而现在，这座城只剩了党河西岸河床上的几列残垣断壁。

所以，当我们提到“敦煌古城”的时候，通常说的是那座假的，那座因为电影而生的“古城”。它在敦煌市到阳关公路的戈壁中，距市中心十六公里，是1987年为中日合拍的电影《敦煌》而建的外景地。

《敦煌》改编自日本作家井上靖的长篇小说，而井上靖的创作起点，来自莫高窟藏经洞一卷般若心经后补记的短文：“维时景祐二年乙亥十二月十三日，大宋国潭州府举人赵行德流历河西，适寓沙州。今缘外贼掩袭，国土扰乱，大云寺比丘等搬移圣经于莫高窟，而罩藏壁中，于是发心，敬写般若波罗蜜心经一卷安置

洞内。伏愿龙天八部，长为护助，城隍安泰，百姓康宁；次愿甘州小娘子，承此善因，不溺幽冥，现世业障，并皆消灭，获福无量，永充供养。”九百二十五年后的一天，井上靖读到了这段话，然后写下了《敦煌》。

影片的导演是日本导演佐藤纯弥，他的作品，中国人都非常熟悉，《追捕》《人证》《远山的呼唤》《一盘没有下完的棋》，都是在一代人心中留下印迹的电影。他拍《敦煌》，意在纪念中日邦交正常化十周年，所以非常慎重。这部电影耗资45亿日元，动用大批人马，并兴建了这座与敦煌古城规模相仿的城池作为外景地。

后来，在这里还拍过《封神演义》《怒剑啸狂沙》《新龙门客栈》《敦煌夜谭》《沙州王子》《海市蜃楼》，电视剧《神探狄仁杰》的第三部也是在这里拍摄的。这座城池为所有这些电影，蒙上一种荒莽的气息，即便是最粗糙的电影，有了这里做背景，那种粗糙似乎也可以忽略不计。

这座城池，并不是敦煌旅游线路上着力推介的项目，所以很少游客，毕竟，敦煌有太多真的古迹。但我偏爱那里，因为那里和电影有关，和故事有关。我喜欢那里的秋天，尤其下午，高昌、敦煌、甘州、兴庆和汴梁五街道静静地伸展在日光下，街道两边有客栈、当铺、酒馆、住宅，屋子前面种着向日葵和玉米，屋檐下挂着成串的干辣椒，在突如其来的寂静中，可以听到辣椒在风中摩擦的声音。有的屋子拨给当地人居住和看管，挂着门帘，帘子一动，有人走出来了，疑惑地看着我们。



也到城头去站了片刻。站在那里，耳边有旗子猎猎地被风吹着，远处的戈壁闪着白亮的光，如果是月夜，不知道听不听得到两千年前守城的士兵吹的笛声。

月牙泉，是另一个敦煌电影之梦的附着点。



月牙泉在沙丘的环抱之中，像一个碧绿的橘子瓣，周围环绕着水草和芦苇，使它不至于孤寂。导游告诉我们，因为水位连年下降，月牙泉几乎濒临消失，当地政府于是在沙丘背后建起一个蓄水池，为月牙泉注水。而月牙泉上边上那座仿古的屋子，是《英雄》和《天脉传奇》的外景之一，《天脉传奇》里外国黑帮开会那一幕，就是在这里拍的。

其实不必向电影借光，月牙泉和鸣沙山也几乎是“敦煌”最显著的组成部分了。无数歌，无数诗，无数画报中的图，已经早早向我们普及过月牙泉的形象，以至于看到它时，惊奇只是略微，似曾相识却是必然。

他们在滑沙、骑骆驼、坐沙地越野车、吃东西，我爬到一个小沙丘的顶端，慢慢躺下来，用衣服遮住脸，很快就进入半梦半醒状态，耳边听到风声，还有被风剥蚀得支离破碎的人声。

下午快要过去了，我们脱掉鞋子，丢在原地，向着大沙丘的顶端爬去。你拖我拽地终于喘着气到了最高处。落日已经向着地平线沉下去了，又大，又红，不像真的。一只鸟，拍着翅膀，缓缓地从前面飞过去。

最后，与地相接的刹那，落日像个要落地的球，弹了弹，终于落实了，一下掉下去，突然不见了。风突然冷起来，人影子斜斜的。

“走啦——走啦——”，有人在沙丘下喊着。

和月牙泉比起来，雅丹魔鬼城更多电影感。

不过，去雅丹魔鬼城要早点出发，因为路途很遥远。我们通常得早上六点起床，七点多，已经奔走在戈壁上了。

车窗外始终是戈壁，生长着一蓬蓬的骆驼刺，远远地可以看见一列青色的山脉。因为我在新疆长大，我有经验，那些山脉貌似在视野所能及的地方，其实都极为遥远，甚至有可能并不是现实中的山，只是海市蜃楼。

经过了一段汉长城，又过玉门关，盐碱地上出现了河流和树木，还有大片大片的胡杨林。《英雄》中，张曼玉和章子怡决斗的场景，就是在那里拍摄。为了保证画面的美观，剧组曾经发动当地老百姓捡拾胡杨的落叶，论公斤收买，当然，并不是所有的落叶都可以入画，色泽和形状大小都有要求，章子怡和张曼玉穿着红衣斗剑，剑

敦煌玉门关　木刻版画

气卷起的漫天的黄叶，就是这么来的。

那片胡杨林也曾出现在《天脉传奇》中，在影片中，珍藏着舍利子的庞大地宫，就埋藏在某一座沙丘之下，并有一棵形状特别的巨大胡杨树作为标记。

因为在汉长城和玉门关，以及戈壁中一片芦苇荡中的停留，午后我们才到达雅丹魔鬼城，当然，它另有一个比较书面的名字：敦煌雅丹地质公园。

据《辞海》解释，“雅丹”系维吾尔语，原义为具有陡壁的土丘，是干燥地区的一种风蚀地貌。但“陡壁的土丘”不足以概括它的风貌，在《英雄》和《天脉传奇》里，隔着胶片遥遥地望上一眼，也

敦煌雅丹　木刻版画

还不足以体会它的神奇。必须要站在那里，站很久，直到自己被放空，而雅丹的气息把空虚的部分填满。

去过鸣沙山的那天，司机说时间还早，可以去敦煌附近的林场看一看。在敦煌附近的林场里，种植着鸣山大枣、李广杏、紫胭桃，其中一半是葡萄。整个甘肃西部，整个新疆，有无数这样的林场、农场，不去看过，不算真正到过那里。

车子拐了一个弯，走上一条被沙枣树、榆树、杨树、灌木丛包围的砂石路，碧绿的树叶荫蔽着这条灰白色的路，没多久，小路到了尽头，空旷平坦的平原上，突如其来的落日照着一座葡萄园。

葡萄园被落日照着，手掌形的叶子向着有光线的地方张开，反射着落日的光芒，也没有失掉自己碧绿的颜色，成串的葡萄已经接近成熟，只等待采摘，落日那种灿烂的光线，现在正笼罩着这些翠绿晶莹的果实。多少串？也许十亿串。葡萄园周围，是成片的苹果树、梨树，果实累累，使得树枝低垂。在没有果树的地方是大片的野草，蒲公英和紫云英的花星星点点地在草丛间探出头来，黄色，淡紫色，还有白色，那是什么？也许是羊角奶。

一条宽阔的河流就在草地上流过去，三个皮肤深棕色的、异常健壮的男人赤裸着半身浸在河水里，在流动着的水里打闹着，让水花泼溅，在光线里闪闪发亮。

那个时候，车上飘出来一首歌，竟然是那首《盛夏的果实》。莫文蔚的声音清淡但却激荡人心地唱着：也许放弃，才能靠近你。车上所有的人，差不多四十个人都跟着唱起来，他们的合唱使得这首歌走了样，成了一首宏大到有点滑稽的、没有表情的歌。就在那里，一种比狂欢更盛大、更接近顶点的欢乐从每一张伸向落日和天空的叶子、每一串饱满的果实上汇聚起来，无比庄严，但却动人心魄，一种令人颤抖的、像冰般凛冽，又像烈火般热烈的感情，忽然来了。

做过无数电影外景地的敦煌，其实还只是一座“天空之城”，当它被摄入镜头的时候，通常都如海市蜃楼一般，被装扮成往昔的镜像。不知道有没有人以现在的敦煌为背景，拍摄一出电影，比如一个发生在葡萄园里的爱情故事，就像以葡萄园为背景的《云中漫步》《秋天的故事》《杯酒人生》《一年好时光》那样。

而不管那些故事里是有遗憾，还是有不甘，葡萄园却永远在那里，在落日下，碧绿，晶莹，刚烈，绝对，并且欢乐洋溢。

敦煌也在那里，沉着，安静，幽暗，绝对，像“时间”的入口，只等你我纵身跃入。

说法图　莫高窟第444窟　盛唐　木刻版画

Yaoyuan De Xiangsixing

# 遥远的相似性

有些人，有些事，特别能让我体会到那种“遥远的相似性”，就像蒋勋说的，他期待看见一个人，在面貌上让人陌生，在精神上让人熟悉。但也有些时候，我看到的人，在面貌上，在精神上，都让人觉得熟悉。

比如读《浮生六记》，沈三白和芸娘的生活细节，并不让我觉得陌生，他们身上的那种灵性、聪颖，和今天的人没什么两样，把他们两个人放到《老友记》里去，他们大概也能和瑞秋、钱德勒和菲比搭得上话。读《西游补》，觉得惊骇不安，总疑心董说后来又化身成今敏和菲利普·迪克，来过这人间好几次。

又一次，大约是2016年秋天，在贺兰山下的博物馆，正在等着进馆的时候，远远看到一个男人走了进来，身高有一米九，长着一张狭长的脸，肤色是均匀的淡金，一双狭长的凤眼，配了一对入鬓的眉毛，头发油黑，扎成一条粗厚的短辫子，硬硬地垂在脑后，走路虎虎生风，整个人古意盎然，像是才从壁画里走出来的。穿的衣服倒平常，一身浅灰色的运动衣，看不出是什么牌子，垮垮地包在身上，但他那一具肉身，让这身衣服也失去了时间性。

再一次，就是在敦煌了，和徐晋林老师坐在党河边的烧烤摊子上，旁边的桌子上突然坐下四个人，两男两女，身高都在一米八以上，非常壮硕，但又不是练家子那种硬邦邦的壮硕，是圆润的、柔和的，云团、面团那种壮硕，脸和头却非常小，没有赘肉，皮肤淡棕色，紧绷绷地绷在头颅上，眉眼浓黑，像是刚刚描画过。眉眼这样浓烈，神色却非常漠然，并不十分热情活泼的样子。四个人都穿着油田的工作服，似乎是刚下夜班，衣服上还带着油渍，他们坐在

那里，衣服被撑得鼓鼓的，手反撑在膝盖上，像四尊神。

要是在武侠小说里，这就是一场大战的前奏，西域，小店，四个有异域气息的、不动声色的男女，陡一坐下来，就让空气紧张起来，似乎后面还有各种异人陆续前来。但这是在敦煌，夏夜的党河边，这四个云团似的人，像时光机一样，让周围有了古意。两千年前，或者三千年前，他们或许坐过同样的位置，吃过相似的东西。这一世，他们换了身份衣装又来了。

我盯住他们看了又看，又觉得很不好意思，但把眼光收回来一会儿，就忍不住又被吸过去了。在别的城市，难得看到这样的人，城市里的人，尤其是大城市的人，都被格式化了，网络普及之后，这种格式化的速度还在加快。人都像是分门别类，装到了中药铺的格子抽屉里，打开一格，满满的都是同类的人。当然，也非如此不可，大城市的人，是作为信息载体存在的，必须容易识别，容易兼容，才能方便调用。

而在西部，在敦煌，人自来自去，自开自落，还能保留着神最早塑造出来的样子，大大的，拙拙的，云团面团，山石野草一样，藏身旷野，似乎都不用迷彩，就能自然而然，镶嵌进岩石里，隐没在芒草间。

我愿意久久凝视这些脸庞，凝视他们的身体，看他们怎样自如地挪动身体，迈开步子，怎样漠然地注视着周遭的一切，并不显露明显的情绪。我也愿意我有这样的脸庞，这样的身姿，这样的淡漠，可以和某个遥远的我，有着不容分辨的相似性。

十一面观音　莫高窟第14窟　晚唐　木刻版画

Dafeng Chui lüshu

# 大风吹绿树

那天，在榆林窟，出了洞窟，走到河边，突然就有大风吹来。

是夏天的风，透明，干爽，看不到风的痕迹，但周围的绿树已经被吹动，白杨树、柳树、榆树、槐树，开始在风中摇摆，树叶背面的银白色被翻了出来，和那浓绿色掺杂着，下一波风过来，银白色翻成了浓绿，浓绿翻成银白，像是像素游戏。风越来越大，树木摇摆的幅度也越来越大，渐渐就不像是被风摇动，像是海底的植物在海水里漂浮。

耳边尽是风吹绿树的声音，即便不看画面，听着那声音，也能分辨出是什么树。风声合唱的背景上，青翠（没有写错，我喜欢用这个字来形容声音）且哗哗作响的，那是白杨；嘘嘘作响甚或有细枝在风中带出呼啸声的，是柳树；槐树被风吹动后的声音，是柔软的，像猫爪子踩在风里，听不到，感觉得到。

在敦煌，就算不看别的，看看风中的绿树也好。

去莫高窟的路上，有白杨、杏树和刺柏；去鸣沙山的路上，有杏树、梨树和葡萄树；去机场的路上，有白杨、怪柳和胡杨；去瓜州的路上，墨绿的白杨防风林围绕着格子田，没有田地的地方，淡红的红柳花配着烟雾似的绿叶。

再配上风。大风吹绿树，是真浩荡，站在风中的绿树前面，心事全无。

而且，敦煌的树，不比别处。别处的树，是真正的野树，敦煌的树，是肉身的人，一棵一棵种出来的，石室书轩的秦增果老先生，就曾是个种树的人。几十几百几千年，无数种树的人，在敦煌种树，种一棵树，或许就分了一点他们的生命在树上，就有灵气在树梢萦绕，树到的地方，人就到过，人到的地方，树也慢慢跟上，那些树不是树，是人迹，也是神迹。走在被那些树佑护的长路上，没有机会孤独，也没有机会荒凉，枝条间都是云团似的灵气。

秋

一个人要像一座岛屿，千帆驶过

西北的树，多半是这样一棵一棵种出来的，每棵树背后，都有点气息。少年时，我每天晨跑，从家里出发，跑向城外一条满是绿树的大道，白杨或者槐树，在早晨的微光中缓缓摇摆，碧绿的叶子被霞光浸染着，有一种微微的紫。有一天，夜里露水格外重，朝阳露头的一刹那，树叶和草叶上全是晶莹的水珠，隔着三十年的时间，我也能看见少年的我停步呆立，站在那个璀璨世界中不知所措。

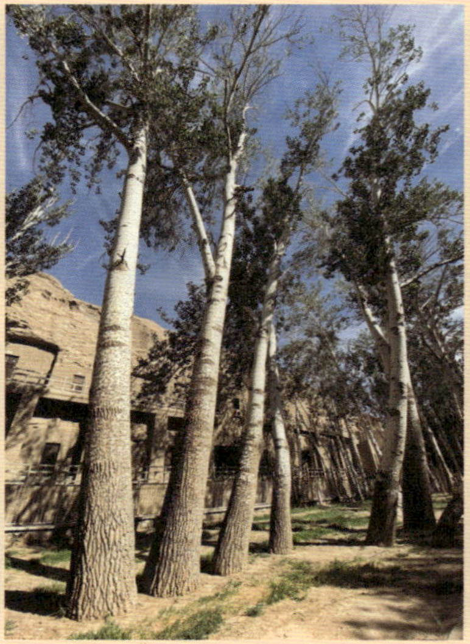

又一次是去青海，坐的是绿皮火车，车窗外尽是高大的绿树，在大风中摇摇摆摆，绿光映在绿色的硬皮座椅上，双重的绿，绿到幽闭，突然彻底地黑下来，是进了隧道，出隧道的一刹那，绿光又冲进来，椅背上又有了枝叶的墨绿暗影。

还有一次，是同学会后，住在山上，大风吹着满山绿树，叶子翻过去，在月光中呈现出一种银白，隔壁还有老同学们喝酒谈话的声音，恍恍惚惚地穿过来，他们说的是谁去世了，谁病了，是晨跑的少年时代，以为轮不到自己头上的事。

每每站在大风吹动的绿树前面，我都觉得我不是我，有另一个我站在别处，看着这图景：绿树下面，一个渺小的抬头仰望的人。但若不是这个渺小的肉身，那个我恐怕也不知道人间的可喜，若不是这个肉身的浑浊，那个我的透明也无法成就。

还有，在最难熬的那些时候，在四平方米的调音间里，在聆听训话的同时，在病床上，我努力想起那景象：透明的大风吹着绿树，枝叶缓缓摇摆，带着一种难言的风姿。它不由分说地成为许多时刻的背景图，把我那濒临四分五裂的世界缝合。我的世界观的底色，是大风吹绿树，我的佛，是大风吹绿树。

直到我和我种的树合而为一，直到我成了我的树。大风吹绿树，真是浩荡。

佛顶尊胜陀罗尼经变（局部） 莫高窟第217窟 盛唐 木刻版画

# 敦煌的春天不曾滑落



今年三月，我的朋友、作家李修文打电话问我，有没有时间参与海峡卫视的系列片《文学的日常》的拍摄？

这个纪录片，是王圣志导演的作品，他选取了当代中国最著名的作家，跟踪拍摄他们的日常生活，请他们讲述自己的文学理念。在记录形式上，有个设计：请另一位作家或者艺术家、媒体人担任嘉宾，去拜访主咖，看看两个人能擦出什么火花。我看了前几集，觉得主咖和嘉宾是文学地位相当的，而我和李修文搭起来，会拉低他的段位。所以我说，我肯定是有时间的，但最好能再找找别人，我就当个备选。但李修文立刻就请导演组联系了我。

通常，摄制组会赶到作家的家乡，拍下他读过的学校，看看他家的老房子，寻找一条成长的脉络。但修文的家乡武汉，刚刚遭受一场劫难，侵扰她似乎不太妥当，修文说他想来兰州拍，我说，既然都来兰州了，何不再走远一点，去敦煌？因为我记得修文对敦煌的念念不忘，也记得他说过的一句话："什么上流社会，敦煌才是上流社会。"

二十个人的摄制组，从天南地北赶来，4月5号那天在兰州会合，然后组成车队，浩浩荡荡往敦煌去了。

在商议拍摄计划的时候，我告诉王导演，不妨把档期安排在三月底，这样可以拍到敦煌的杏花，但王导演被别的片子档期影响，只能在四月赶到。往年这个时候，杏花也还正盛，今年因为回暖比较早，四月时候，杏花已经到了尾声。

但是拍出来照旧好看，有疏有密，有盛有凋的杏花，配着泛青的黄色大地，似乎更加好看。我们在武威的黄羊滩一片杏花林里，拍下李修文朗读自己的作品，杏花林的主人，一对婆媳，就站在不远处说话，语声断断续续传来。在天梯山石窟，拍下李修文和我的对话，背后是青碧的天梯山水库。在一个小镇上，吃到了意外好吃的炒菜馒头。

更多意外在敦煌。王导演说，到了敦煌，他发现原本的拍摄计划几乎全部失灵，他当晚赶紧拟定了新的方案。

不用看旧居，也没有往事可以追溯，我们就在荒天野地里，不停地走，在盐碱地上走，在戈壁上走，在阳关的古长城下走，在春天的田野里走，“谈艺术和歌这个最高话题”（叶芝：《沉默许久后》），以及，“我们聊着。你从来没有没有这样的神清目爽，这样的，怡然自得。”（威廉斯：《赛马会》）。

我有个心得，是关于风景的。单纯看风景，是看不进去的，也刻不进心里，风景一定要配着别的事情一起去看，一种感官体验，一定要捆绑另一种感官体验。所以要千辛万苦地带着乐器到荒野里去演奏，或者在荒野里认真地吃一顿饭，采集几个小时的干柴，只为点一堆半小时就会熄灭的篝火。两件事平行映照，捆绑镌刻，风景才能入心，风景不能只看，必须要做。

那几天，我们就在风景里走来走去，像加斯·范·桑特电影《盖瑞》里那两个人一样，但却不是沉默不语，而是谈了又谈，似乎就等于在做点什么，而拍摄团队的辛苦忙碌，更加加深了那种镌刻感。

所以，去过那么多次敦煌，也包括春天的敦煌，我却没有像这次这样，把敦煌的每个细节、每个线条都刻进心里。春天的敦煌的田野，杏花有点寥落，梨花正喧闹，杨树和柳树，远看是雾蒙蒙的绿，近看只有初萌的万千芽点，杨柳迸芽时候那种特别的油香扑鼻而来。而旷野里，到处都被一种来历不明、似有还无的金光笼罩。

最难忘是在敦煌城外的小村子里，几个男人搭着梯子，在榆树上采榆钱，一个人登梯子，另外几个人掌着梯子，一把长镰刀在树上那个人手里，轻轻一挑，就割下些细枝，落在地上，跳跃着，带点苦香。我们在旁边围观，一位大叔说，走，旁边就是他家，去他家喝茶。我们对视一下，就跟着去了。

在大叔家里，他搬来小桌子，摆了椅子，请我们坐下，又端上小白杏杏干，焦枣，给我们讲他的生平故事，当过民办教师，开过厂子，做过生意，还给我们唱了一段秦腔。他的院子里也有榆树，不高，结着小小的榆钱，树枝在风里弹跳，干了的榆钱变成蝉蜕一

样的薄壳，透明，轻软，不断地落在地上。

拍完了，我们离开小院，回头看，那棵榆树还在风中弹跳，我有点遗憾我不能在这样的院子里留得再久一点，也有点遗憾，应该再抓一把焦枣的。

在摄制团队刚到兰州中川机场的时候，拍摄就同步开始了，刚出接机口，王圣志导演就对等在那里的我问了一个问题："你觉得李修文为什么要找你做嘉宾呢？"我的回答是："因为我方便啊。"

但其实我真正想给的回答不是这样的。李修文是一个……深重的人，他生怕身边的朋友滑落。滑落，是我想出来的说法，我想不到更合适的了。他怕有才华的朋友不写了、不画了、不演了、不唱了，或者不活了，或者就像幻影一样面无人色地活着。他于是竭尽全力把所有身边人拱到前面来，没钱的，长期给钱资助，没有合适工作的，给找工作，甚至到处打听便宜的房子，给孩子安排学校。不为什么，就为让你继续写、画、唱。

他也怕我滑落，怕我在兰州待久了，被人忘了。他努力把我往前面拱，让我去北京，主持他的新书发布会，尽管那边有更有影响力的人选，他带我认识导演，带我去剧组，夸大我的履历，渲染我的能力。

我有过很多想要滑落的时刻，也见过很多最终滑落的朋友，我有时候会遗憾，我为什么不是一道春雷，能从他们的生活里滚过去，让他们重新焕发光彩，他们一旦滑落了，我就没有印证了。所以我猜李修文是有私心的，他怕自己成了孤岛，怕举目四望，只剩寥落，他怕无人和他映照。然而这是多么阔大的私心，把这样的私心落实，真的郎心似铁。

从敦煌回来，我带着朋友去敦煌研究院的数字仿真窟，在第三窟的千手千眼观音像的角落，看到“甘州史小玉笔”的落款，我就在想，史小玉会不会也是这样一个人，画出来了，出头了，可以主持这么大的项目了，就把甘州凉州的朋友一个个带出来，帮他们吹牛，“甘州凉州的大户人家都有他的画”“他排第二，我不敢排第一”，给他们代酒，帮他们在敦煌城里找房子。他必然也怕他们滑落，自己一个人画观音，观音也不观音。两千年敦煌，就是这么一个个不甘心滑落的人堆积起来的。

我想我不会滑落，因为里尔克写过：“你怎么办？神啊！如果我死去？/我是你的水瓶，如果我破裂了？/我是你的酒浆，如果我已腐坏？/我是你的衣裳，你的职务，/你失去了我，也就失去了意义。”

我愿意为这位神赏个光，也为所有愿意与我映照的人赏光。

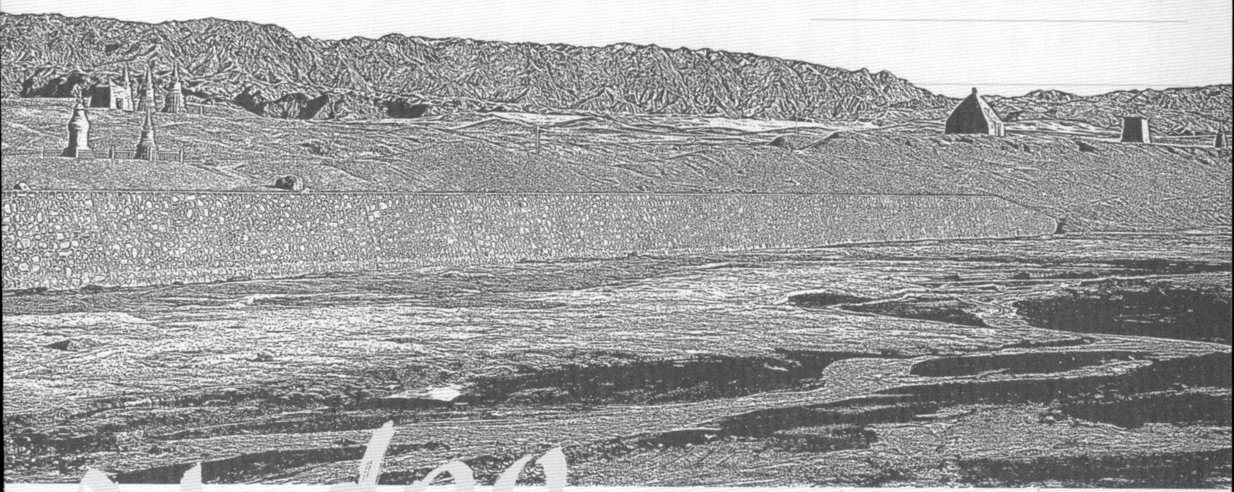

Nadao Guang

# 那道光

**莫高窟源于一道光。**

莫高窟者，厥初秦建元二年，有沙门乐僔，戒行清虚，执心恬静。尝杖锡林野，行至此山，忽见金光，状有千佛，遂架空凿岩，造窟一龛。次有法良禅师，从东届此，又于僔师窟侧，更即营造。伽蓝之起，滥觞于二僧。复有刺史建平公、东阳王等，各修一大窟。自后合州黎庶，造作相仍。实神秀之幽岩，灵奇之净域也。（唐，李克让《李君莫高窟佛龛碑》，亦称《圣历碑》）

樊锦诗在《我心归处是敦煌》里，想象过乐僔看到这道光的情景。她说，她也曾见过莫高窟的佛光，时间是在1995年，莫高窟前的宕泉河发洪水，抗洪的时候，“忽见宕泉河东面的三危山上空出现了一大片金灿灿的光，金光照射不到的山丘黯然变成黑色。一会儿金光不见了，湛蓝的天空中又出现了两道相交的长虹”。

生在西北，常见这样的光，赤裸的天空和大地，似乎特别适合光的通行，阳光、霞光、星光、月光、火光，总是那么通透地破空而来。少年时候的某个夏天傍晚，暴雨之后，墨黑的乌云中，突然出现裂缝，一道金光从裂缝中迸出，像一股不可抗拒的力量，把墨云向两边分开。青年时代，在青海，一道落日的金光，从云和山之间漏出来，并且把空隙越撑越大，小城广场上的石头房子，突然被金光笼罩，金光逐渐扩散，整个广场也随之亮了起来，广场上奔跑的孩子，从灰色变为鲜明生动。去年夏天，在白银石林花海，落日即将隐没前的二十分钟，光突然在凝重的黑云中一爆，戈壁中的花海，鲜红却凄楚，最后的鲜红过后，戈壁瞬间沉寂。

但因为那些光，而产生神秘主义体验，或者宗教体验的，就是另一种境遇了。那不只是那一瞬间、那一道光的事，而需要长时间的追索、体验、堆积，然后，突然有那么一个瞬间，那道光，伴随着一些超乎寻常的感受来了。

前段时间，为了纪录片《跟着唐诗去旅行》，和剧组一起重走李白走过的地方。在庐山脚下，重读李白的《登庐山五老峰》“庐山东南五老峰，青天削出金芙蓉”，我突然有了新的感想，九月的庐山，还是一片碧绿，即便随后树色稍变，也没有“金芙蓉”那么强烈，山如金芙蓉，必然不是山色，而是天色映照的结果。我向带我们上山的摄影家李剑涛老师求证，他说，朝阳初升的时候，五老峰会被阳光照到，的确是金光四射。对于到处寻找仙山，对于会放大一切感受的李白来说，那样一个时刻，必然能带来一些超凡的体验，也许就是那个时刻，让他甘愿留在庐山的山谷里，也慰藉了他一生的劳顿，让他重获青春。

那道光时隐时现，它出没在人类还没有出现的星球上，出没在传说里，出没在电影里，小说里，出现在宗教典籍里，《X档案》里，

《神曲》里，《白鲸》中，或者不明飞行物目击报告里。

我读过的很多书里，似乎都有那么一道光，刺破时间空间而来。我总记得圣·埃克苏贝里写下的无数灯光，也记得《白鲸》里，看守死去的鲸鱼时，树立在鲸鱼身上的那盏灯笼，两个看守鲸鱼的人，像是大洪水之后的两个幸存者，站在灯笼下说话，他们像是古神，只要存在，就足以刺破宇宙的黑暗。

或者，就出现在某个情绪堆积得足够多的时刻。光可能只是光，但当你的人生经验堆积到一定分量，光就不只是光。就像塞林格小说《德－杜米埃史密斯的蓝色时期》里，傍晚九点，主人公经过一个橱窗，看到橱窗里有个三十岁左右的高大壮实的女子，打理橱窗里的模特，“也就正在此时，我有了那种体验。突然（我说这一点，我相信，是完全具备应有的自我意识的），太阳升起，以每秒九千三百万英里的速度朝我的鼻梁飞来。我什么都看不见了，而且惊慌失措——我只得将手按在玻璃上以保持身体平衡。这样的情况只持续了几秒钟。等我视觉恢复，那女子已离开橱窗，只留下一地闪闪发光的精致、显得格外圣洁的瓷漆假花”。

光可以在北京，在上海，在都市的橱窗里，在现代石窟一样的高楼群里，捉摸不定、飘忽易逝。好在我是光的易感体质，任何一点光，都能被我捕捉到。但我还是宁愿回到西北，一次次重返兰州、敦煌、喀什、伊犁，在整个夏天的黄昏都会准时照射在丹霞红山上的金光里，在把整座荒山、整个天涯都染红的落日里，光是如此浩荡，无遮无碍，不用搜寻，不用节省，不用有所顾忌，不用削足适履。光任取任用。

一如三毛所说，只有在沙漠里，才能感觉到自己是大地的孩子、苍天的子民。大地的孩子，苍天的子民，才能被不限量供应的光所眷顾。

走在光里，只留个背影，渐渐融入漫天晚霞。如同杜拉斯在《长别离》所写：“一片灿烂的曙光占据整个银幕；仅仅在这片光滑的中心，‘一个与时代和世界都远离的男人，迷失路津；他像发丝一样纤细，又像曙光一样开阔’”。

比丘举哀图　莫高窟第158窟　中唐　木刻版画

Lan 285

# 285 蓝

去年夏天，在敦煌研究院的仿真窟，看到了285窟。那幅图在仿真窟最里面还没完工的部分，只是墙上一张巨大的高清图，但站在那张图面前，看着星星点点的蓝色，竟然还是有一种站在宇宙星图面前的感觉。我就在那张图前想，一定要看看285窟。就有那么巧，第二天，徐晋林老师打电话来问我，过几天就要去敦煌了，我有没有特别想看的窟？我马上回复，285。

285在敦煌石窟艺术研究史上，地位特殊。它结合了几个时代的洞窟形式，覆斗顶形窟，窟中间有方形坛台，两边各有四个小小的

冬

莫高窟第285窟　内景　西魏

莫高窟第285窟　主室窟顶　西魏

禅室，窟顶有华盖式藻井，壁画内容丰富到要用一本又一本专著来诠释。但它还有个特殊之处在于，主室北壁发愿文中，有“大代大魏大统四年岁次戊午八月中旬造”“大代大魏大统五年五月二十一日造迄”的文字，有开凿的时间，有完工的时间，它由此成了敦煌石窟中最早有确切开凿年代的洞窟。

它的特殊之处还在于复杂和美。这间窟里，佛教、道教、印度婆罗门教的神，中国神话里的神怪，都聚在一起，既有摩尼宝珠、力士、飞天、雷公、乌获畏兽、伏羲、女娲，又有日天、月天、诸星辰、摩醯首罗天、毗瑟纽天、鸠摩罗天、毗那夜迦天及供养菩萨，还有尘世中人的修道故事，又有野兽和各种植物纹样。如果那个时代就有漫威众神，我猜画师也会毫不犹豫地，把它们画在藻井和四壁上。

它像是在呈示宗教的熔铸方式，但凡是真的、善的、美的，都与我有关，都能为我所用，也像是在呈示中国人的文化宇宙的成形过程。小体量的文化，总带点邪异性，一旦互相遭遇，常常是黑洞一般的吞噬、厮杀、你死我活，中国人的文化，因为体量足够大，它和各种异质的文化之间，却是平和地相逢，温暾地打量，耐心地靠近，从长计议地消化，四面埋伏地融汇。终究有一天，你不再是你，而我依然是我，而我，也好像什么都不是。

就是因为大，因为中国文化在起始阶段就足够大，所谓宽容，所谓兼容、融汇，种种脾性，都是从大而来的。而且，这种文化脾性，是有马太效应的，越是大体量文化，就越有可能吸收异质的文化，体量就越发大，也就越发放心、兼容、通泰，因为知道你吃不了我，即便偶然地、局部地重回保守，整体趋势不会改。小体量的文化，因为知道自己常常处于被吞灭、消化的位置，就越发防御、封闭、邪异，甚至狞厉，越防御、封闭就越小，越小，就越发防御和封闭，如此这般循环。

敦煌或者龟兹，能够形成双重的融汇的节点，大概也是因为中国人的文化宇宙的这般脾性。一重融汇，是世俗的，饮食、服饰、歌舞、器物的融汇，一重融汇，是非物质的融汇，是众神、神的世界、神的话语、神的精神的融汇。来者不拒，来者都是客，也都是主。

285窟是这种融汇的一粒结晶。美国人华尔纳曾在1925年奔向敦煌，打算把285窟的壁画整个剥走，却在泾川被村民围住，最终没能得手。二十八年后的1953年，285窟的整窟原大原色作品在北京、上海和日本展出，引起巨大关注。可以说，285曾以莫高窟的预告片、精彩片段的方式存在，是新时期敦煌研究的“读者文摘”，先抛出精华字句，吸引流量，然后慢慢宣示存在感。

而我对它的爱，除了上面那些因素之外，大概还因为，它有众多的蓝。

莫高窟第285窟　南壁上层西端　童子飞天　西魏

我喜欢蓝色。物理世界里，蓝色的波长在可见光里最短，但对我来说，蓝色似乎是超越红色的，波长更长的颜色，无数色块摆在面前，我总是率先看见蓝，一店铺的衣服，一墙的书籍封面，我率先被蓝色的吸引。20世纪90年代，苏永康唱出那首《有人喜欢蓝》时，我觉得，那个“有人”就是我。而站在285窟，扑面而来的，全是蓝。

早先的蓝，不是寻常的颜色，一如王冬松在《唐代艺术中的青金石》中所说，在自然界的事物中，很少有蓝色的“客观对应物”，因此，“在人类色彩认知发展的初期，尤其是‘物色不分’观念的支配之下，蓝色非常容易将人的情感和心理导向虚无缥缈、不可企及的‘天空联想’中去，这也许就是蓝色与佛教中的冥想以及不可触及的彼岸世界建立了某种内在联系的原因之一”。章鸿钊在《石雅》

里说："青金石色相如天，或复金屑散乱，光辉灿烂，若众星丽于天也。"蓝色指向天，指向那个"他世界"。

况且，在人类的孩童时期，色彩不是那么容易获得的，从植物中得到的颜色，纯度多半没有那么高，变化没有那么多，而且不稳定，缺少一种夺人心魄的感官性，是闷的、土的、温暾的，即便绚烂，也转瞬即逝，红、蓝、黄、紫莫不如此。从矿物和一些罕见的植物、动物身上得到的颜色，或许没有这些缺点，却有了另一个缺点，那就是昂贵。

蓝色也是如此，用得起纯正的矿物蓝色的，得是有钱人，能够用蓝色描画的，得是圣人、贵族、不凡之事。古代欧洲许多画家，

莫高窟第285窟　南壁上部　五百强盗成佛图　西魏

之所以能够开宗立派，多半是因为他们掌握了自由使用颜色的能力，或者获取了调配某种微妙色彩的秘方，授徒授徒，除了教授绘画的方法，也包括调配颜料的秘方。画家其实也是化学家、丹药师。

中国人以前用的蓝色，或者来自植物，或者是用矿物合成的硅酸铜钡颜料，例如“中国紫”“中国蓝”。而敦煌莫高窟壁画和新疆克孜尔石窟中的蓝，全都是来自阿富汗巴达克的青金颜料。把这种颜料译做青金的，正是唐玄奘，这是敦煌研究院研究员王进玉经过研究后得出的结论。

青金被看作是一种宝石，购买宝石颜料，需要钱，把颜料经过长途跋涉送进来，需要钱，并且需要钱以外的权力，明的权力和暗的权力。王冬松认为，古代敦煌使用的青金颜料，是经由当时重要的宝石市场于阗流入的，这是敦煌和于阗的又一条姻缘线。从于阗到敦煌，沿着大漠边缘，经过佛寺、村庄、客栈，经过盗匪、流民，这条路，比想象中艰难。得是有相当身份的人，才能用得起这种蓝，用得起这种蓝，又成了身份的标识，更加加固这种蓝的限定性。

285窟能够大量使用青金颜料，不是一件简单的事。知道了这一点之后，我对285窟的爱，稍稍减退了一点。但蓝就是蓝，就是那么夺人心魄，超越阶层、生死、善恶，扑面而来，把每一个站在它面前的人攫住。

蓝这个颜色，在盛唐以后，渐渐从敦煌壁画中退场，在王冬松看来，那是因为，唐代是一个高度世俗化的时代，“青金的退隐正与这种世俗精神的高涨有关”。红色、黄色、赭色，以及那种不太张扬的淡绿，占据了更多比例，以及更重要的位置。

终于，18世纪，普鲁士蓝登场，在瑞士颜料商制作红色颜料的时候，偶然合成了普鲁士蓝，从此，一种经久的、夺人心魄的，而且廉价的蓝出现了。

站在285窟，是站在一个文化交融的现场，也是站在一段具体而微的亚欧交通史、物资交流史的现场。一点蓝，也有万语千言。

张爱玲的小说集《传奇》初版的封面，是蓝色的，张爱玲说，她要她喜欢的蓝绿的封面给报摊子上开一扇夜蓝的小窗户。而285窟，大概也是敦煌的一扇蓝色小窗户，人们可以透过窗户，看见月亮下的驼队，看见黄昏时分，画匠们熬茶的炭火炉子。

从敦煌回来，几位朋友合开的“悦界”民谣酒吧经过重新装修，再次开业。他们想要一个新名字，酒吧老板光光来找我，我们在河边坐着，不停地寻找着新词语，再一个个写下来，然后，一个名字突然跳出来，285蓝。蓝是蓝色，蓝也是蓝调，正适合作为民谣演出场所的名字。就这么定了。

我喜欢蓝，以及这一扇一扇蓝色的小窗户，月亮在窗外，似乎一切都简化了，简化成四格漫画，但蓝本身就是千言万语。

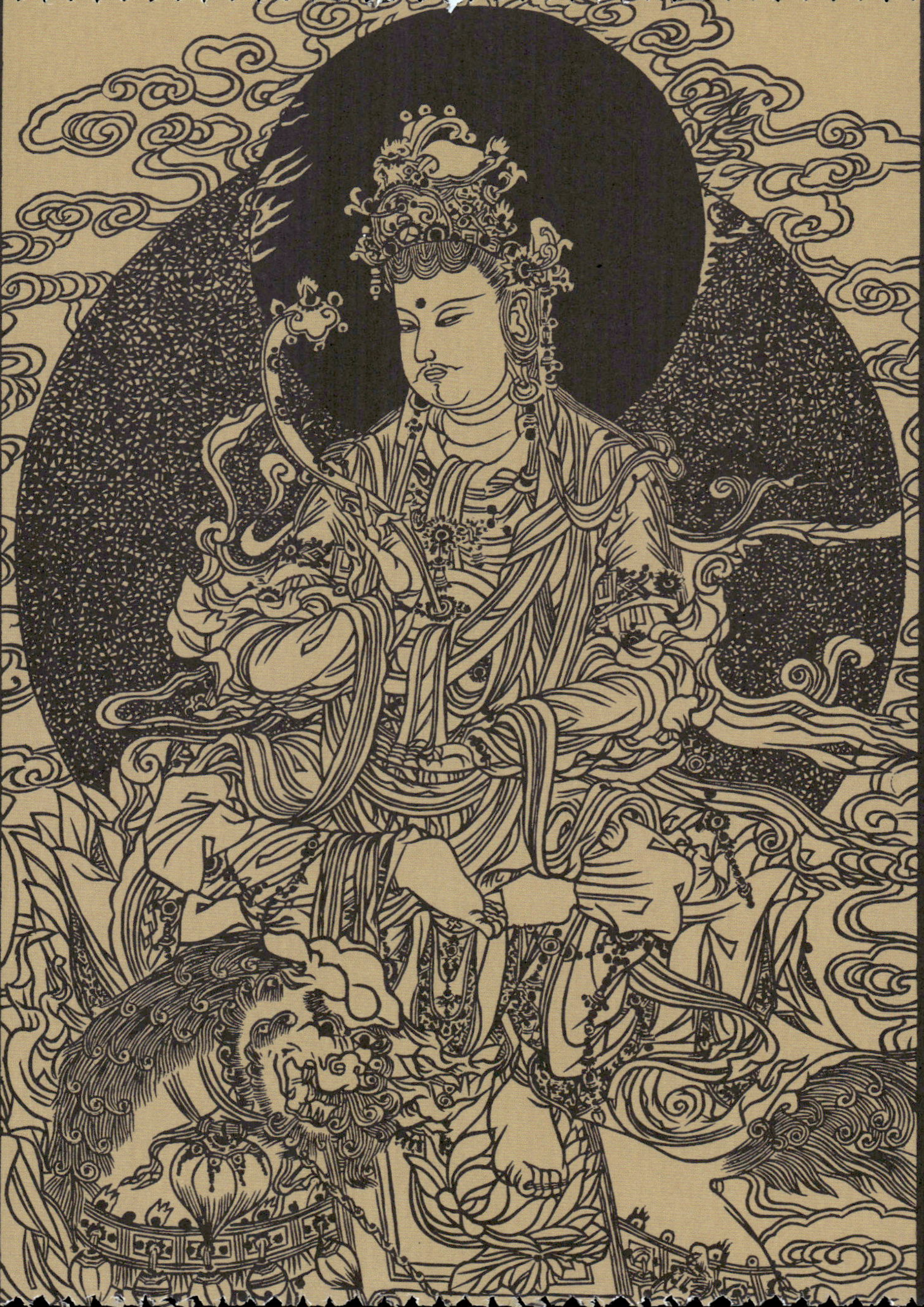

文殊菩萨　榆林窟第3窟　西夏　元　木刻版画

Zai Dadi De Yinguzhong

# 在大地的荫谷中



乘车在近乎无人的戈壁公路上行走了很久，路的尽头出现一个小小的登记站，靠近登记站，一个保安守在里面，三扇窗户都挂着遮光帘，一架空调，两张桌子，三把椅子，一个饮水器，几个水杯，就是屋子里的全部物品。在大漠或者深山、孤岛上，守卫灯塔、微波站，是我向往的工作，但眼前这份工作，也实在太孤寂了。

经过登记站，眼前还是一片戈壁，突然，就到了悬崖边，似乎没有路了，路却往下一沉，一拐，再出来的时候，就是峡谷了，峡谷中间是踏实河（榆林河），河水是那种雪山融水的颜色，一种略微浑浊的淡绿，峡谷两岸，起初有几个小小的佛龛，几座小小的佛塔，到了谷底，又有一个小小的院落，院落之外，洞窟多了起来，榆树也多了起来，这就是榆林窟了。

已经是中午了，榆林窟的李立新所长带着徐晋林老师和我们，直奔职工食堂，食堂的餐具和敦煌研究院一样，也带着敦煌研究院的LOGO，绿色的托盘里，一碗臊子面，两碟素菜，一碟牛肉，又有煮玉米和水果，搭配得非常妥帖。想起敦煌文献里记载的工匠饮食，多半是五六个人分享一升面，或者每个人两个胡饼（类似于馕饼，或者烤肉馅饼），再加一点酒水。当然，把一千年前后的饮食和生产力进行比较是不合适的，但到了敦煌之后，所见的每一个人，每一件物品，我都很自然地给它加上一个古代的影子在后面。

桌上还有小碟子盛着蒜瓣，大家就着蒜瓣吃面，讲解员要面对来访者，大概是不会吃的，但其他人，包括正在洞窟里施工的工人，都拈着蒜来就面。西北人是无蒜不欢的，哪怕生活的所有制式和细节，都已经和北上广同化得差不多了，但那碟蒜，永远执拗地存身于一切地方，再金碧辉煌，再高端大气，蒜还是要有的。只要那一碟蒜还在，西北人就还是西北人。不到西北，万万想不到这个细节。

榆林窟没有准确的开凿时间，只知道是从7世纪开始开凿的，从洞窟的形制、壁画的风格，以及游人的题记来看，几乎覆盖了唐、五代、宋、元、明、清等每个时代。历经一千年时间，现在有洞窟43个，壁画4200平方米。不过，其中一半以上的洞窟，是五代宋初，

白马啊，麋鹿啊，春花啊，冬雪啊，不差分毫

榆林窟第25窟　中唐

曹议金家族统治瓜州和沙洲之后开凿的。

榆林窟给我的印象，和莫高窟是有差异的，它似乎比莫高窟“深”，不论色彩的基调、经变画背后那些故事的基调，乃至历史纵深感，似乎都比莫高窟要深。但事实上，那种“深”，只是我的错觉，只是因为它的洞窟比莫高窟要少，经历的年代又多，因此有一种戏剧感，似乎是把年代跨度、风格跨度很大的电影片段剪接在了一起，没有风格上的缓冲，没有时间线上的过渡，因此特别有戏剧性、电影感，印象特别鲜明。

比如最著名的第25窟，整个窟都有一种强烈的电影感。前室门上有毗沙门天王赴哪吒会，门两边分别是南方天王和北方天王。主室窟顶有残缺的千佛，正壁是密宗八大菩萨曼荼罗经变，北壁和南壁分别是弥勒经变和观无量寿经变，前壁门两侧分别绘文殊变、普贤变。

榆林窟第25窟南壁　观无量寿经变　中唐

所谓经变，是根据佛经故事而作的画、雕塑或者文字，经变画，自然是根据佛经故事作的画。但在我看来，“经变”两个字，还可以有更现代的解释——改编，类似于把小说改编成电影、电视剧、短视频，或者把小说改写成简洁的故事，类似兰姆姐弟重述莎士比亚戏剧故事，为的是更直接、更明快、更通俗，也更容易传播和普及。

文字有门槛，而且是很高的门槛，图像的门槛稍微低一点。文字是需要慢慢阅读的，图像却有一个特别的功能，就是科幻创作者说的“漫布”——科幻创作者怀疑世界是虚拟的，是在一瞬间漫布起来的，包括人此前的记忆，包括整个世界此前的历史，就像一个

游戏，在制作完成、上线发布的一瞬间，游戏中人的过去现在和未来，就同时存在了。图像就能够把一个世界在一瞬间推到你面前，瞬间把你催眠，而文字不能。

第25窟北壁的弥勒经变，就有这种“漫布”的效果。它是依据《弥勒下生成佛经》改编的，以弥勒三会为主体，正中是弥勒在龙华树下成道后初会的场面，其余部分描绘的是弥勒的事迹，和弥勒世界的幸福美好。

在位居正中的弥勒身边，有法华林菩萨和大妙相菩萨，有天龙八部和听法圣众，弥勒身后有龙华树，头顶有宝盖和摩尼宝珠，

榆林窟第25窟北壁　弥勒经变（局部）　中唐

弥勒之上是须弥山，左右两侧有两身飞天。而二会和三会，乃至弥勒成道前后的重要事迹，则以一种非常巧妙的方式铺陈在画面的其余部分，比如婆罗门拆毁七宝台、儴佉王发愿出家、迦叶献袈裟，等等。

这里面有一种精妙的戏剧结构，先给出最重要的场面和情节，然后把注意力引向支线情节，不断闪回、多线并进，最后给出一种宏大的印象。它用主线情节向周围辐射出支线情节这样一种画面布局，直接完成了这种效果。

最妙的是，它利用了人们对这些故事的熟悉程度，来达成“漫布”的效果。那时候的佛教故事，是在信息相对单一，人们接受渠道相对狭窄的年代进行普及的，人们对这些故事已经相当熟悉了，甚至已经进入了潜意识之中，所以，不管哪个情节，其实都带着全部情节的基因，只要它一亮相，它的整个故事乃至周边的衍生故事，和有关的情绪，都可以在一瞬间同时出现。佛教经变画的这种“漫布”功能，特别适合让观者全身心投入。

榆林窟里，最为人所知的，还有第3窟西壁门南北两侧的文殊变和普贤变，这两幅画是西夏时代的作品，可以看出两宋绘画的影响，风格清丽淡雅，线条、色彩和形象都精致、收敛、恬淡，和唐代的绘画作品的原始、拙朴、奔放有很大不同。本以为唐代的绘画已经是历史的终结了，却没想到，历史还有另一种可能，走向另一个巅峰。

榆林窟第3窟　普贤变　西夏

冬

作为现代人，我更容易接受这个时期的绘画，它的精致、熟练、细腻、圆滑、恬淡，更接近我们这些久经打磨、病恹恹温和着的、自觉自律的现代人，但我又总觉得它已经开始失了本真，像是画师是被一个内在的摄像头照着，有个内在的声音在要求他，更气定神闲一点，更收敛些，更理智一点，更细腻一点。两宋以后的壁画，似乎总有个除了师父之外的第三者在场，可以说那是更文明的文明，也可以说那是更细腻、更温和的束缚。作为时刻被摄像头照射着的现代人，我特别能够感受到这个第三者的存在。

榆林窟还有若干清代的洞窟，以及清代人修复的塑像和壁画。和敦煌、榆林窟有关的书籍和画册里，都很少收入这些作品，平时难得一见，所以，第一次看到这部分作品，还是非常惊讶的，惨淡的形象，古怪的配色，因为是沿着北魏唐宋西夏元明的壁画泥塑一路看下来的，到了这里，不能不有一种“开到荼靡”之感。人世间的智慧能量是恒定的吧，这个时代的能量，没有去向绘画，也没有去向文学，到底去了哪里呢？

负责带我们的讲解员叫席文博，是90后，西北师大毕业，本来是学美术的，但他热爱敦煌，于是来敦煌工作。那种热爱是掩藏不住的，几乎是喷薄欲出一般，几乎是在他开始讲述的一瞬间，就能知晓他的过去现在和未来，因为他把热情全部押在了一件事物上。这，大概也算得上是一种“漫布”。

和榆林窟一样，西千佛洞也在河谷里，出了敦煌，向西南方向走三十五公里就到了。其间还会经过敦煌100兆瓦熔盐塔式光热电站，这个电站是亚洲装机容量最大、全球聚光规模最大的熔盐塔式光热电站，在很远的地方，就可以看见那座260米高的集热塔。在电站附近，还有一个观景台，可以让游客稍稍俯瞰一下电站的一角，却也只是一角而已。

西千佛洞在党河北岸的崖壁上，和莫高窟相隔不远，有石窟16个（窟、龛22个），开凿年代和莫高窟相仿，结构和风格，也和莫高窟、榆林窟相近。在地理环境上，更像榆林窟，也是在戈壁上走着，到了悬崖边，路却向下一沉，随后就看见山谷里的浓荫和洞窟。



在进入洞窟区的那段路上，可以看见几间凿在岩壁上的岩室，有门有窗，张所长告诉我们，那是隐士住的地方，也住过守窟人。岩室外面，几棵树龄应该在五十年以上的大榆树轻轻摇动树枝，在岩壁上投下树影，几只小鸟在树上啭鸣。我相信，百年千年前的隐士，和我看到过相同一幕。

看过洞窟，西千佛洞的刘勤所长、陈亦文主任带我们去后院。经过办公室的走廊，我看到走廊的窗台上摆着一些孩子们的作品，有些画在石头上，有些画在泥板上。刘勤所长说，他们刚刚办过一个夏令营，那是孩子们画的，后院还有一间工作室，给孩子们做作品用。到了后院，我找到那间工作室，门锁着，透过窗户，可以看见未完工的泥塑和画着莲花、九色鹿、观音、哪吒的泥板。孩子们会惦念

西千佛洞

冬

这个夏令营，和他们没有带走的作品吗？会的吧，因为一生难再。

后院有果园，苹果树、梨树和核桃树，又有一架葡萄，几簇春黄菊正开着花，那种浓香特别有西北秋天的况味，我们就坐在葡萄架下，吃着西瓜，阳光从葡萄叶和核桃叶中间透过来，瓜瓤很红，很甜，加上用冷水浸过，冷、脆，还带着一点铁器的腥味——切瓜的菜刀就摆在一旁。

我相信，这一刻，这一天，春黄菊的香味，西瓜的清甜，没有画完的九色鹿，隐隐到来的秋天，应该不是更高维度的手“漫布”出来的。它可能是真的。我享受着这种真，吃掉一片西瓜，又吃掉另一片，一只土蜂从芫荽的白色碎花上飞过。

说法图 莫高窟第57窟 初唐 木刻版画

Dakai Mogaoku Jiuyou Jinguang Xiechu

# 打开莫高窟，就有金光泄出

我问过很多研究历史的甚或做考古的，以及画画做雕塑的人，有没有来过莫高窟，多半说没有。一来，莫高窟的确是远，二来，人们总有种“越美丽的东西我越不可碰”的心理。在中国的历史遗迹里，莫高窟大概是站在美丽的顶峰，也站在不可碰的顶峰。

我也是二十六岁的时候才第一次看到莫高窟，值得庆幸的是，不太早，也不太晚，太早的话，看不懂，太晚的话，感受力没有了。就在那个当口，感受力还算丰盈的时刻，看到莫高窟，连带着莫高窟、玉门关、黑沙漠和敦煌城一起看进去了。

去过一次之后，就一发不可收拾。那以后，我时常去敦煌，多数时候，也并不一定去莫高窟，就是在敦煌城里走一走，坐车在戈壁或者荒野里晃悠一天。碰上有意思的司机，就多聊一点，碰上沉默寡言的，就不聊天。不过，终究还是沉默寡言的人更多。

包括河西走廊上的那些城市乡村，武威、张掖、金昌、永昌、山丹，我也都逐渐走遍了，起先是因为工作，后来是因为需要。在城市里待久了，就想到那些地方去，也不特意去什么地方，特意见什么人，就是路过一下，看着小院子前的桃花、杏花、洋姜花、波斯菊、金盏花、鸡冠花，看看那些人家门上的对联都写了什么，屋檐下有没有燕子窝，入夜以后，广场上跳的是锅庄还是新疆舞，偶然在小巷子里听到一两声胡琴和秦腔，还没等我听清楚，是收音机里的还是真人唱的，声音就没有了。

最近一次是在去年，因为参与拍摄纪录片《寻找路易·艾黎》，在山丹待了几天，随后从山丹到张掖再回兰州。我坐的那趟早班车，有点旧了，有了旧时绿皮火车的样子，车上人也不多，大家都起得早，都昏昏欲睡，然而，黎明前的混沌状态只持续了一小段，太阳就出来了，刷一下，挤出一抹红，又嘣的一下，整个红太阳就蹦出来了。红红的朝阳，照着落满雪的大地，微蓝的夜色还没有彻底退去，白杨树，白杨树上的鸟巢，白杨树下的小房子，原野上烧荒的痕迹，又蓝又白又黑又红。就那么走了很久，直到太阳升起来了，阳光有点乏了，我就不再贴在车窗上了，把身子往后一扯，靠在座椅上。

我就想，一千年前，两千年前，这条路上的人看到的景象，和我看到的，大概也没有什么两样吧。也有一场雪，也有这么一个又蓝又白又黑又红的冬天，也有春天，巷子里的歌声也总是模糊不可辨，而所有人都如出一辙地沉默寡言。对西北的了解，对西北时间的了解，是要这样一点一点磨出来的。有些时间，有些功课，看起来是没有用的，但终归都有用。但有用有什么用呢？能磨出这种西北感触的人，都沉默寡言，不事声张。他们都成了感触本身，而感触，从不试图解释自己是什么。

这也是为什么，那些以敦煌为主题的歌舞、电影、音乐，总不能让我满足的原因。西北人都沉默，就把敦煌的解释权表达权都交了出去，可以看到的那些歌舞音乐、身段眼神终归是江南的，是加了江南滤镜的。而我的莫高窟，是要加大雪、戈壁、胡饼、沉默滤镜的，是要在许许多多冻透了的清晨醒来之后，才有的一点感触，是一种沉默着、沉睡着的神秘感。

去了这么多次，莫高窟的神秘感，在我这里并没有减损，反而与日俱增。因为，莫高窟不是平地崛起的，不是单独的，是要和西北大地一起来理解的。西北大地，又总是这么不言不语，这么黑魆魆，这么不放在心上，也没什么可说。所以，我对莫高窟，反而越来越没有问题要问了，有人要告诉我莫高窟的各种由来、细节，边地的风云，佛教的奥义，我总是听过就忘记，我已经视它为当然，我觉得它就该如此，我觉得它刚刚好。

莫高窟前的白杨树，洞窟前的路，转折的步梯，讲解员的姿态风度，洞窟里轻微的泥土气息，洞穴带来的幽闭感，壁画的剥蚀，游客的题记，俄罗斯人留下的烟火痕迹，壁画上的极乐世界，含笑的佛陀，都是当然的，理应如此，没有什么意外。还有流落在外的那些经卷，似乎也并没有散失，它们都在，存在过，就是永远都在，在世界的某个角落里，就是在世界的所有地方，一切都是当然。西北大地是当然，莫高窟也就是当然，它是大地的一份感应，西北大地是完整的，它就是完整的。

冬

莫高窟第148窟　东壁门南　观无量寿经变　盛唐

这么朴，这么拙，却又这么神秘。神秘感，最不好就是悬浮的，就是沾着土，才越发深邃。我就凭借这么一份有根底的神秘感，度过了2020年之后难熬的两年。雨林大火、饥荒、疫病，似乎都会过去，只要人外有人，天外有天，或者，心外有心，就都是熔炼。

2017年，我在网上看到一段视频，恰可以描述这种“有根底的神秘感”。那是Beyonce在格莱美现场的演出，她怀胎五个月，特别显身子，她就挺着大肚子，上台唱了两首歌，《Love Drought》&《Sandcastles》，那段表演，那声色气韵，完全可以算给敦煌。

我忍不住要想，下一个文明周期里，经历了我们这个文明的毁灭并且幸存下来的人，从避灾的山洞里爬出来，坐在火堆旁，带着怅惘迷醉的表情，向后代描绘这场演出。再后来，有个人在树下顿悟，就用这场传说中的演出为素材，塑造了天花乱坠仙乐飘飘的场面。将来的事，必然就是上一个时代的事。我们或许就是那人外的人，天外的天，也可以了。

敦煌就藏着这所有的感触。我们灵魂深处有个洞穴。

当我们走进洞窟，我们仿佛穿行在曾经非常熟悉的街道上，看着一张张苍老、漠然的脸庞在我们面前陈列，然后，黑夜来临，在每个窗口，都有灯光，有朦胧的人影，有叹息，有眼泪和争吵，有所有生息繁衍之中必不可缺的声音和表情，我们穿行在那里，仿佛一个游魂，知道自己的归途终于被自己的出走阻断。

当我们看见佛陀与飞天，看见极乐世界的楼阁，经卷里的片言只语，又好像被潋滟的光晕笼罩，被庞大而嘈杂的声响包裹，一种现实中不可能存在的温柔在这里暗藏，一种非现世的欣悦逐渐沸腾，一根苦弦逐渐失去了自我，汇入这些庞大的声音之中，正当我们转身回望，却有孤寂突如其来，在那种绝对的虚空之中，我们却又觉得，投奔那种温柔是生命最终的目的。

莫高窟第156窟　张议潮出行图（局部）　晚唐

就这样，我们漫步在莫高窟用画、泥塑、经卷和传说造就的现实当中，我们看到幻影般的千军万马，看到陷落的城池，看到苦行的商队，看到手指划过丝绸时的愉悦，看到春天的田野里，有人缓慢耕作，向大地交付自己，期待有所收获。

我们看到一些人以首扶额眺望朝霞，看到一些人在他头顶最亮的星辰之下战栗，也看到苦痛的天才早夭在春雷滚过地平线之前，

莫高窟第244窟　北壁佛东侧　菩萨　隋

莫高窟第45窟　西壁龛内　彩塑一铺　盛唐

冬

我们忽悲忽喜，却不是为了自己。

我们也看到祭奠亡灵的白花被迎着落日高举，看到无论是死亡还是再生都不能搅扰的安宁，也看到成为悲剧的爱和获得永恒的忠诚，我们有时和烈士、小丑并行，有的时候却沉湎于没有回馈的爱情。

莫高窟佛塔　木刻版画

而一个业已被分割得七零八落的世界，就这样在一片纷繁的印象之中悄然来到。

就像那些奇幻电影里常有的场景，打开一册宝书，书页间有金光泄出，合上宝书的瞬间，金光倏忽不见。

带着莫高窟给我的一点点神秘感，这一点倏忽不见的金光，让我生活下去。

金刚经变（局部） 莫高窟第217窟 盛唐 木刻版画

# Luguo Gansu

# 路过甘肃

如果有人要问，什么地方有全世界的景观，去了这个地方，就像从全世界路过，那么，答案非常明确：甘肃。

甘肃，是世界上地貌最丰富的地区之一，拥有除了海洋之外的全部地貌，它荟萃了东南西北的灵气，集中了四面八方之精神。这里有山地、高原、平川、草原、沙漠、戈壁、冰川、峡谷、绿洲，有气象万千的自然景色，也拥有华美的历史遗迹、丰富的物产。

来到甘肃，可以体验雪山之险，河源之秀，高山之奇，冰川之壮，峡谷之异，泉瀑之激，可以看到草原和花海之无涯，梯田之斑斓，草木之幽深，野花之艳丽。一册《中国国家地理》倾情描绘的景观，往往都在西部，而甘肃更是其中浓墨重彩的一笔。

来到甘肃，就像从全世界路过。



见，容易，见好也容易，见得同时代的好却极难黄河、洮河、渭河、嘉陵江从这里流过，黄土高原在这里盘踞，祁连山、乌鞘岭、六盘山在这里纵横，河西走廊在这里铺展，这里有黄土、有肥沃的黑红土和沙瓤土，这里盛开牡丹、芍药，当归、大黄、党参、甘草、红芪、黄芪、冬虫草在这里纵情生长。纵横的河流，通透的日光，昼夜的温差，都为甘肃的景观和物产贡献了得天独厚的生长条件和充足的养分。

仅仅是土豆，就有许多种做法，仅仅是牛羊肉，就有百种样貌。这里是水果之乡，是药材之乡，昼夜温差大，日照时间长，有利于有机物的沉淀，使得它们更浓烈、更淳厚。这些物产，是太阳的馈赠，被这些物产滋养的我们，何尝不是太阳的后裔。

来到甘肃，就仿佛，从阳光照耀的无垢之地走过。

甘肃地形狭长，纵贯东西，连接陕西、新疆、四川、青海、宁夏、内蒙古。从古至今，甘肃在人类迁徙史、交通史、文化交流史、商业史、物种交换史上都占有重要的地位，它是古代文明遗迹所在地，是丝绸之路的重镇。

这里有迹可循的历史有八千年之久远，这里是马家窑文化、齐家文化重要遗址所在地，是华夏文明曾经的栖息地，荒莽山地里，陶土烧制的器物中，有我们文明最质朴、最本真的样子。我们曾经如此简单，如此浑圆，如此这般站在文明的起点上，望向莽莽大荒，惴惴不安，却又充满期望。

麦积山　木刻版画



这里也是许多文化源头，许多中国故事的所在地。这里有莫高窟、麦积山、崆峒山、嘉峪关、拉卜楞寺，是李氏文化的发源地，是边塞诗歌的魂魄所在，是貂蝉的故乡，老子西行寻根，在这里飞升，开创大唐盛世的李氏，在这里发端。这些故事里，有我们精神上的DNA，有我们灵魂的云图。

嘉峪关 木刻版画



这里更是敦煌所在地。如果每个年代都有一个形象，那么，唐朝的形象，就是一张美丽的笑脸，每当我们进入中国历史，这张笑靥都会慢慢浮现出来，而敦煌，无疑是这张如花笑靥上最夺目的花瓣。

敦者，大也；煌者，盛也。敦煌，位于中国西北的这座城市，从4世纪到14世纪，和丝绸之路一起，有过长达一千年的兴盛。

党河绿洲滋养它，祁连山呵护它，阳关和玉门关守护它，它成为中西交通的咽喉，丝绸之路的明珠，也成为中西文化交汇之地。它吸引了无数高僧大德、名将良臣，在军事上、文化上、商业上，乃至宗教上，都有着极为重要的地位。

敦煌石窟，是千年敦煌的瑰丽结晶，建筑、彩塑、壁画，汇聚在这里，历史、宗教、文学的经典，深藏在这里，当人们在1900年打开敦煌藏经洞，拂去往日的尘埃，往日时光慢慢苏醒，敦煌像一个被封印的宇宙，骤然放出光芒。

来到甘肃，就仿佛，从时间的长河蹚过。

这里有55个民族，少数民族人口219.92万人，占总人口的8.75%，人口在千人以上的民族，有回族、藏族、东乡族、土族、裕固族、满族、保安族、蒙古族、撒拉族和哈萨克族等十六个。而东乡族、裕固族、保安族更是甘肃的独有民族。

敦煌阳关　木刻版画

地理上的多民族混居，历史上的多次融合交汇，异族的交融、遴选，造就了西部人面貌的鲜明，体态的鲜活。这里的人们所拥有的异域气质，让全世界的人迷恋和猜想，除了民族、面貌、语言、服饰、生活习惯的差异，那些异域风情的街道、风中不知名的植物香气，那些传说和那些民歌，所有这些，都成了这种迷恋的核心。甘肃各民族的美，浓烈、生动、神秘，并且格外美丽。

这里有民歌、花儿、小曲、云阳板、羌蕃鼓舞、伯夷叔齐祭祀、剪纸、皮影戏、木雕砖雕技艺、窗花年画、通渭马营脊兽、草编技艺。这里的人，爱写，爱画，爱唱，千家万户，到处都有让人愉悦的韵律，明窗净几下，随处可见书香墨宝。数也数不尽，说也说不尽，这歌舞书画，这万千声色，都是我们对生活的热烈渴望，是我们内心的

图景，这渴望如此盛大，这景象如此斑斓。

来到甘肃，就仿佛，从气象万千的内心世界走过。

这块斑斓的土地上，人们坦坦荡荡地接过自然的馈赠，接过时间的沉淀，用自己的方式，尽情表达着自己对这块土地的热爱，也把这份馈赠和这份热爱，带给来自四面八方的人。每个来到甘肃的人，呼吸到的不只是带着杏花香味的空气，更是这块土地的宁静、淡泊，他们吃到的也不只是牛肉面、牛羊肉、杏子、百合，更是这块土地的灼灼生命力。

我想要和你，接过甘肃的过去，站在甘肃的现在，期待甘肃的未来，我想要和你，站立在中国版图的中心，融入这气象万千的山水，汇入万千星辉的灯火。我不再是游子，也不是异乡人，我想要和你，成为甘肃。

# 敦煌

## 人间四季

敦煌召唤万灵，敦煌汇聚众人，敦煌呈现着这个世界的基本词汇。能洞悉敦煌的成因，似乎就能洞悉人世的成因，能与敦煌发生联系，似乎就能直抵世界最隐秘的核心。每个城市都是敦煌，每间房屋也都是洞窟，我们在各自的敦煌生活，直到有一天，心事终于清空，洁白如初，千山外，斜阳外，有人持莲而来。